王東岳 —— 著

阿 德 萊 德

人聽了道，撒旦立刻來，把撒在他心裡的道奪了去。

（《馬可福音》4：15）

困與惑

——《阿德萊德》序

給東岳的小說作序，我頗費躊躇，由我來推介這部好讀而且有快感的小說，我很怕不能給這部優秀的小說更能走進別人心裡帶來足夠的幫助。讀小說我首先讀的是「意思」，有意思的文本我才會興趣盎然地細讀，細讀之後才會關注作品所要傳達的內涵，即所謂的意義和思想。

這部十萬多字的小說我一讀就細讀下去了，閱讀中，一個問題始終在我腦海中縈繞不去：國人，尤其年輕人為什麼要出國？通常的說法是為理想，具體到小說主人公張揚，他的理想是什麼？學業？移民？找份好工作？掙錢買房，和妻子過好日子？都是，也都不是。他家境不差，父母健在，妻子嬌美，生活小康，他的出國留學，在我看來是因為「困與惑」。張揚在國內的生活是「困」，在困的生活中掙扎，在掙扎中不斷地「惑」，迷茫而找不到答案。從日常生活、情感，到事業追求與社會政治，都太過壓抑、難以忍受，到異地尋求答案，就成了家境尚可的他的必由之路。

張揚儘管有猶疑，還是決然登上了去澳洲的飛機，落腳在了小城阿德萊德。去國外容易，長時間待下去，生活和情感上卻要經受煎熬，不同文化的碰撞會撞痛尋夢的人，甚至可能撞

得頭破血流，命喪異鄉。張揚到澳州適應嗎？尋到人生答案了嗎？他的惑解了沒有？我在此不贅述，小說很好讀，張揚所經歷的故事會給讀者精彩的交代。但我可以明確告訴讀者，作品提出了很多問題，情感、道德、社會、政治等等方面的，然而始終是開放的，沒有給出完全的結論（我始終不認為解決社會問題是小說的使命），細心的讀者可以慢慢琢磨其中的奧妙。

　　許多人強調小說的故事性，認為把故事講好小說就算基本成功了，我卻堅持小說更應該把人物寫好，像沈從文講的，「貼著人物寫」。這部小說中，張揚用他的眼睛看到了很多，用他的大腦思考了很多，他沖出了中國地域文化的困局，卻又被牢牢困在了國外，而且困的強度、力度和厚度都升級了。對張揚這個主人公，作者運用具有張力、充滿衝擊力和小說美學暴力的一串故事不斷呈現，使其形象逐漸豐滿，體現著作者的美學追求；作品敘述節奏把控得很從容，語言乾淨、簡練，我的閱讀快感與這些很有關。

　　我尤其要提出的是，作品常在緊張的情節中，或在人物深入思考、思想糾纏而難以自拔時，文筆突然轉到周邊的環境，描寫簡潔而不繁密，像詩歌語言一樣，既有力量又富有意味，一下子讓讀者長舒一口氣，情緒舒緩下來，這種延宕自自然然的，毫無做作，和作品內容扣合得嚴絲合縫，這是真正的作家天然的本能，也是不斷積累的真本事、真功夫。希望東岳揮槳奮進，寫出更多有意思、有意義的精彩作品，我喜歡東岳的小說，期望讀者也喜歡。

尹肀

二零二零年六月九日

目次
Contents

第一章

1

張揚一進機艙就看到許多高低不平的鼻子和眼窩,深淺不一的說不上是白是黑是灰還是什麼其他顏色混合成的膚色,像動物園裡的。幾個穿短裙黑絲襪的長腿空姐像馴獸師一樣穿行,路過張揚時,禮儀備至地打招呼,燦爛親切得像和他認識很久了似的。張揚心神震動,忙也擠出個難堪的笑,找到位置,把背包塞進頭頂的行李艙坐下了。

他挨著過道。一切令他奇特,他從未見過這麼多不同種類的像人又不像人的東西,在眼前走動說話,頭髮的顏色和質地,一看就不是之前見過的染成的黃毛白毛棕毛紅毛,而是真正的黃毛白毛棕毛紅毛。各種顏色的人輕手輕腳,彬彬有禮,見人就咧開嘴笑,相互小聲說上幾句,離張揚太遠語速太快聲音又太輕,張揚英語不夠好,聽得半拉子懂。一雙空姐的絲襪長腿立在張揚的左側,貓腰撿著東西,不容忽視的撅起的屁股彷彿直沖著張揚的臉,張揚偏轉頭,發現那屁股幾乎蹭到他的左肩了,趕緊看那屁股最後一眼,頭擺正坐好,不讓那屁股碰著他。

張揚的父母妻子來北京送他,昨晚一家在小南國吃了河蝦仁毛蟹和露素雞,他們很少這樣吃,特別是母親,家裡剩飯剩菜從來不捨得扔,頓頓從冰箱拿出熱著吃完為止。張揚的父母屬於中產階級的中下層,在單位勤懇上班,像許多中國人一

樣，埋頭苦幹，忙於置業，但存款甚微，靠節儉和精明買下了四套房，在上世紀九十年代的浪潮中，身邊多少人靠著倒賣物資發了財，他們趕上了好時機卻沒做與時機有關的事，漸漸的，太窮的朋友他們嫌窩囊看不上，有錢的又覺得蹭著人家沒面子，因此在中規中矩的自持中，圈子越混越窄，少朋寡友，拘謹正派。張揚大學的女朋友，就是如今的妻子樸茜，父母起初不同意他們在一起，嫌樸茜是小縣城的人，大學暑假張揚把樸茜帶到秦皇島家裡，父母客氣而緊張，給他們收拾了兩間屋子，不讓他們睡在一起，張揚說送樸茜回老家了，暗地卻安排住在旅館裡，經常去找她，稍回來晚些母親便疑神疑鬼地發脾氣。然而父母考核過關後，又以迅雷不及掩耳之速度促成了張揚的婚事，一路操辦著使他的女朋友飛速變成了現在的妻子。

二〇一七年後，中國製造業下滑，經濟失衡，張揚的父母想移民紐西蘭沒移成，對張揚寄予厚望，父親希望他去澳大利亞讀研並技術移民，家裡充斥著抱怨和鼓勵的出國前的氛圍。張揚在私立學校當老師，婚後他和樸茜越來越說不到一起了。妻子雖然年齡沒變，相貌沒變，行事言談卻彷彿變得像老太太，張揚有時都區分不了她和他媽的心理年齡差了。樸茜的瑣碎絮叨讓張揚倍感孤獨，深感結婚太早導致的無望，彷彿青春還在，可是已經動彈不得。在被捆到婚姻關係上之後，在愛情沒有了更多尋覓的可能之後，在獨自闖蕩並迎接未來的機會喪失之後，張揚尚且年輕的身體中分泌過剩的荷爾蒙與生活的束縛之間的不平衡越發加劇，他憋得慌，但這卻不是做愛能解決的，他和樸茜的做愛已經不像大學時候，不像剛談的那兩年，而是變得無趣煩悶，同樣的呻吟，同樣的動作，張揚得不到宣

洩，內心失落。

這倒也罷了，張揚畢竟不是禽獸，問題是妻子的生活追求變得十分卑瑣，每天只是糾纏下頓吃啥，糾纏誰買菜誰洗衣服，或抱怨公司的工作累，把辦公室幾個人抹在嘴上循環著罵，抓住小事數落張揚，一開口就停不下來而且要他配合——這些多半在臥室悄悄進行的，他們和父母住在一起，不好意思大吵。也正因此，樸茜勸張揚再買一套他們自己的房子，因為張揚父親的另幾個房都在較遠的北戴河，而且還沒蓋好。樸茜為著攢錢買房，讓張揚把所有的工資全放在她那兒，張揚拗不過她，只好依從。

張揚不斷地喪失著自我，卻沒法跟父母說，也沒臉跟朋友說。他本來沒有留學的念頭，但不留學父母便終日不寧地製造危機感，他們雖無經濟的過多壓力，卻希望去更好的環境，過更有尊嚴的生活。樸茜來自山東的小縣城，並無這些想法，她佯裝配合卻暗中反對，常勸阻張揚別被忽悠。迷惘空虛中的張揚覺得留學也並非壞事，至少可以擺脫父母和妻子，而且中國的工作環境確實糟糕，他幹了兩年了，從來都是工資少雜事多，很多工都毫無意義而且沒有產出，張揚這些厭惡低效的形式主義，而且他鬥不過同事，再混若干年，估計別人全都晉升了自己仍在底層，因此終於開始著手，花一年時間考了雅思，申請了南澳大學的教育學，因為教師專業在澳洲的移民清單上。被錄取後他辭去了工作，按商定好的學費父母出生活費自己出，在妻子的怨恨中要回了一萬五兌成三千澳元，最終辦下簽證，登上了去阿德萊德的飛機。

昨天，他們一家坐大巴從小城秦皇島來到北京，吃完了

那頓豐盛的晚餐，住到了機場的全季酒店。南澳大利亞正值冬天，阿德萊德屬地中海氣候，父母給張揚買了新的被子枕頭並用真空壓縮袋裝好，又給他帶上了電鍋和電餅鐺。張揚帶了雅思考試書，因為拿綠卡要雅思倆七倆八的，一個大行李箱一個背包的，下榻到了旅館。

張揚和樸茜住一間，父母住另一間。晚上，張揚和國內的熟人發消息道別，十點多洗漱罷了上床，叫樸茜卻叫不應，使老大勁扳她的肩膀她才終於翻身了，原來在生氣呢，眼睛和鼻尖紅著，淚卻還沒下來。張揚忙問咋了，樸茜不吭又要翻過身去，張揚也生氣了，明天我都走了，今晚還要鬧一場嗎？樸茜帶了哭腔說你也知道你要走了？張揚就明白樸茜怪他沒搭理她，忙說，我在跟熟人道別呢，樸茜抹淚說，那你繼續找你那幫熟人吧，反正他們比我重要。

張揚很沮喪，但一想反正明天就走了，便不再多說，和氣地道了歉，從背後摟住樸茜，她穿著白色小背心，張揚手從背心的腋下伸進去用指頭搓她的乳頭，她的骨骼就漸漸軟了，轉身也抱住張揚，仰起熱烘烘的臉噙住了他的嘴。張揚本來驚訝樸茜為何對與他做這事如此樂此不疲，但此刻樸茜滾燙濕熱的淚印在了張揚臉上，她雖貼張揚那麼近卻還在睜眼望著他，張揚就覺得她可憐了，替她擦乾淚，她騎上來把張揚撅起的雞巴塞進去上下動了一會兒，張揚履行責任一般噙著她乳頭用舌頭撚著，她就帶了哭腔音色尖利地說，瞧你現在懶的，每次都要我主動，我一個女的還得求著跟你搞似的！

張揚深感荒唐，他把樸茜放平在床尾趴上去，樸茜的頭髮甩落在地，呻吟聲響隨著動作的加快變得急促，張揚說，我

爸媽在隔壁呢，樸茜卻不耐煩地說，他們在走廊盡頭呢，瞧你這記性，在家就不敢出聲，壓抑得很，我說出去開房你卻不搭腔，你對我還剩下什麼？

張揚忙用嘴堵樸茜的嘴，樸茜的嘴立刻不說了，乖巧地進入了狀態，嗓子裡擠出動物般的鳴叫，舌尖在張揚牙齦上轉著，像認真做著檢測的醫生。張揚抖了一會兒，屁股撐不住了，酸軟地停在樸茜身上，表情痛苦得如同內心的痛苦，每次一射完就覺得一無所獲，沒有激情後應有的愉悅和寧靜。他側躺著揉妻子的陰蒂，妻子的確壓抑得太狠，高昂地挺起身子夾著他的指尖，高聲的尖叫像心臟快停時的求救。張揚愧疚，洗完躺下了。

樸茜說，你不是一直反感我，這下終於可以擺脫了。張揚說，我沒反感，我只是自己痛苦。樸茜說，哪來那麼多痛苦，出國了你這方面咋辦？張揚說，出國了誰還有心思整這個。樸茜說，你確實不該有心思的，花那麼多的錢，你爸媽非要你去我也不好說啥，但你要不努力拿綠卡看你對得起誰。張揚卻說，你是我的人，這話他們能講你卻不能。樸茜說，我不在乎什麼綠卡藍卡，我只是不想讓你走，聽說國外很開放，你可不能亂來，我給你寄個充氣娃娃吧，範冰冰的要不要？樸茜捅了捅張揚的腋窩。張揚噗嗤笑了，還是寄個黃奕的吧，我不喜歡範冰冰。

樸茜問，你走這麼長時間會不會擔心我？張揚說擔心你什麼？樸茜說擔心我出軌呀。張揚不吭了，漠然而陌生地望著樸茜。樸茜仍在說你擔不擔心，張揚就彷彿忍不住了，要坐起來理論，樸茜忙攔住說，逗你的，不會出軌的，會等你回來的。

說完乖巧地抱了上來。張揚搞不清樸茜糟糕的腦袋裡都裝了些什麼，對這種儀式感毫無興趣，像置於一片雨霧中一般茫然，他說你神經病，以找事為樂。

樸茜說，你一走我就得獨自面對你的父母了，想著心裡就發怵。

這倒是實話。張揚都覺得在家裡壓抑，樸茜不是他們的親閨女，卻要獨自跟他們一起生活了。張揚見樸茜伏在他胸口的頭頂有一根白髮，給她拔下了說，別怕，我一放假就回來的。樸茜說，你爸叫你放假打工別回國的。不過，等你把那邊的事處理好了，我可以辭掉工作去找你。但就是不知道你爸媽同不同意。說完眼睛又潮紅了。

今早睡了個懶覺，醒來已近中午，他們在酒店的餐廳吃了便飯，直奔機場。臨別氣氛尷尬，張揚不習慣和父母煽情，但出關的最後當口揮手告別之時，張揚剛要進去，卻聽見母親在背後高喊他的名字。母親矮矮的身子在人堆中東倒西歪擠進來，半頭的白髮在排隊的人之中那麼刺眼，驚慌地重複著，兒呀，你忘了帶護照了，張揚忙接過來，才說了一聲媽，母親的胳膊就已經被卷著，淹沒在人的洪流中。張揚看著她花白的頭髮被人潮淹沒，扭過身繼續走，胸口卻砰砰地跳。

直到現在，坐在飛機的深藍色座椅上望著窗外，他才意識到要走了，以往的一切已然告別，未來的一切還渺遠未知，而且徹底孤身一人了，去的是從未去過的地方，用的是從未用過的語言，從這動物園一樣荒誕嚴肅的地方就開始了。張揚按了按褲腰的一千澳元紙幣，父親出於安全給他在褲腰內側縫了個兜裝進去的。他強烈地感受著沉重的呼吸，彷彿什麼都沒有

了，只有命還在，命那麼真實，他的手受傷似的蜷縮於膝蓋，獨自品嘗著孤獨。

　　飛機在跑道上滑行，小小的窗口外是別的飛機，下邊的遠處是草地，天灰濛濛的像下雨前的色調。飛機越滑越快，轟響聲越來越大，巨聲轟隆不像生活中能有的，機身顫動，窗外機翅的襟翼上下抖得快要斷裂了似的，張揚和它們一起顫抖著，被卷到聲音和感覺的掙扎中，身不由己地猛然往後仰，飛機一翹飛上天了，把張揚牢牢地擠在椅背上。他頭一次坐飛機，大口吸著氣緊握著扶手，和陌生的恐懼感相抗衡，眼前又浮現出母親被人群淹沒的手和白髮，淚水終於忍不住大片大片地滑落了。

2

　　張揚醒來已是晚上，旁邊沒人，他挪到了靠窗位置，臉平貼到窗上，立刻看到巨大的綿延無邊的雲，過一會兒雲消失了，露出前方深層的廣闊的黑暗，身下的遠處是海，碎小的波光粼粼閃動，四圍數不清的微茫的星辰。眼睛適應了黑暗，看得愈加細緻，像在大海的中心滑翔，望了很久脖子酸痛了才把臉扭回來。飛機驟然顛騰著下降很遠，張揚心被擰緊了，播報員說遭遇了強氣流，請系好安全帶，事後張揚按鈴叫空姐送來了兩杯紅酒，喝罷才全身疲軟地又昏睡過去。

　　第二天醒來，飛機速度已經變慢，快要降落了。像搖晃在一個大氣球上，窗下是奇異的世界，像清一色漫無邊際的花園，到處是綠色，彷彿沒有樓，全是矮小的別墅與平房，房頂全是瓦紅或淡黃的，沉浸在刺眼的陽光中。

　　下飛機入關填資料，表上說藥品要申報，他帶著頭孢氨苄和甲硝唑，但猶豫了良久，依舊忐忑地寫下沒帶，提箱子過安檢時卻無人盤問，他慶幸自己明智，中國也罷外國也罷，看來都是多一事不如少一事。

　　過拐角來到大廳，許多人舉著牌子，張揚認出了他名字的拼音被一個穿黑筒褲和小黑西服的瘦高女人舉著，女人脖子纏著紫紗巾，張揚上前說hello，我是你牌子上的張揚。女人說你好，我叫蘇薇。

女人很老，下巴和脖跟連在一起，被皺紋橫豎劈成幾塊，抹著濃妝的小臉略顯浮腫，嘴唇血紅，眼神與氣色很精神，筆挺地站在高跟鞋的鞋跟上，她說，喝咖啡嗎？張揚說不用，在飛機上用過早餐了，蘇薇問，你頭一次來澳大利亞嗎？張揚說是的，也是頭一次使用英語。

張揚很不自然，說話時老忍不住攤手，手指一下下往上挑著，彷彿講英語確實只有藉助動作才能表達清晰，但意思雖然說明白了，卻像在用著生硬的機器般的語言，只會陳述內容，沒法融入情感。

蘇薇打量夠了張揚，說走吧，我們坐我男朋友漢克的車回去。男朋友，張揚暗驚，這麼老了還男朋友。張揚走中介找的寄宿家庭，接他的正是主婦蘇薇。

麵包車上的司機漢克也是白人，方形大臉，頭髮黃裡偏白，車轉悠在小路上，小路一條條彷彿全都一模一樣，路兩邊是鮮豔的綠色，精緻的房子，矮院牆有的只到膝蓋高，高的也僅一人多高，多為木柵或鐵皮的院牆，張揚想，這積木似的如何防賊。

陽光從四面八方把張揚圍在當中，彷彿是在夜裡，或是在夢裡。下車進了一個鐵皮小院，院門口一株高大繁茂的日本欅樹。鑲著玻璃的舊橡木房門上，玻璃像長期抽煙的人的指甲，薰染得已然不透明。蘇薇開門，進了一條窄通道，因為狹窄而高，所以顯得很長，右側是蘇薇漢克的臥室，對面是狹長的客廳，裡面有老歐式座鐘和古琴與雕塑，屋子和過道全鋪著櫻桃色地毯，昏暗的過道的牆上掛著高更的畫作《安娜是爪哇人》。洗衣房像個小廁所。穿過盡頭的一扇門，光線倏然敞

亮，與過道垂直的長方形屋子左側是飯廳，橫著樟木大飯桌和六把木椅，左邊靠牆是軟沙發，旁邊有電視，地上擺著成堆的光碟，電視旁透明的玻璃門外是通後園的小徑。飯桌右端為開放廚房，料理台頂上的橫架倒掛著笛形酒杯和波爾多酒杯，窗外是小草坪和後區房屋。

蘇薇說飯廳是活動區，平時不要到前區，後區才是租客的區域。她繞過飯桌，打開正對著前過道的門，小走廊的左右的玻璃牆像在溫室之中。來到小廳，家具是簡陋壓合板的廳櫃桌子和書架，裡牆兩個臥室，內臥室對門另有一間臥室，張揚便住這間。

蘇薇還沒領他進屋，對面的臥室門就開了，走出一個黑髮黃皮膚黑眼珠的小夥子，中等身材，白淨斯文，戴著黑邊眼鏡，蘇薇說，這是香港人傑森胡。張揚試探地用中文說，你會講漢語嗎？傑森說當然會了，張揚就寬下了心，才到澳洲幾個小時，進了澳洲本地人的家裡竟碰見了能講漢語的人。

蘇薇不悅地說，到飯廳就不許講漢語了，傑森忙說沒問題，將張揚的行李幫忙拎入了臥室。蘇薇將張揚帶回飯廳，叮囑他早餐可以取麵包來烤並有牛奶，晚餐大家一起吃，中餐合約寫了自己解決，但可以買食材在裡家做。張揚回到臥室，屋子很小，床挨著門邊的牆，床邊有寫字桌和簡易衣櫥，窗口對著前區廚房。張揚拉好窗簾往床上一躺就陷進了鬆軟的床墊裡，很快睡著了。

傍晚，傑森胡敲門喊張揚吃飯。飯桌上放著紅衫木案板，上面一塊巨大的烤牛肉，旁邊盤子有聖女果生菜和甘藍，還有個平底鍋裡黏黏糊糊的一攤不知是什麼。

張揚坐在傑森對面。傑森雙手撐額閉了一會兒眼，開始動刀叉。蘇薇說，張，你吃飯前也禱告嗎？張揚說我不會。蘇薇問，你信上帝嗎？傑森笑著說，他剛來澳洲，你就問他這麼重要的問題。張揚想了想說，我希望有上帝，那樣我們所堅持的是非善惡就不是編造來騙人的了，但我實在不能確定的。

蘇薇說，我為你來特意做了餃子，你們中國人不是愛吃餃子嗎？張揚這才知道，平底鍋黏在一起的一攤竟是餃子。蘇薇用鏟子把它們橫豎切成塊，張揚鏟一塊咬了一口，混合了多種蔬菜，卻沒放鹽。

蘇薇嚴肅地說，別人給你食物要說謝謝。張揚趕緊謝謝。蘇薇問好吃嗎，張揚說好吃，蘇薇似笑非笑地問，真的？張揚說真的，蘇薇卻突然做個鬼臉說，我知道你在撒謊！

張揚學他們用刀從烤肉上切了一片到盤中，倒上些燒烤醬，心想這也叫飯，邊切邊看著案板上逐漸滲出的一汪紅血，肉上也滿是血絲。

漢克突然說，白人都是禽獸，他們殺過很多土著人，還把頭骨剝下來。張揚看看這肉，又看看漢克，忙說我知道。漢克本身就是白人，他雖這樣說，語氣裡卻帶著能聽出來的傲氣。

蘇薇接上漢克的話說，中國也有被政府迫害的人，不是嗎？張揚想起聽過的傳聞，說，我沒見過，中國那麼大，或許有罷。蘇薇卻說，你現在在自由國度了，我知道你們國家沒有言論自由的。張揚不喜歡聊這些，蘇薇又問，你喜歡澳大利亞嗎，張揚說我父親喜歡，蘇薇問那你呢，張揚說，我一下飛機就感覺這裡很美，像個大花園。

漢克說，聽說中國的政府官員很腐敗，貪污而不被懲

治。張揚聽著彆扭，硬著頭皮說，中國政府官員的腐敗和我沒關係，我父母都是勤懇謹慎的技術員，他們也不喜歡腐敗的官僚。

蘇薇說，澳洲也有腐敗，但他們收錢非常小心，因為容易敗露，記者和別的黨派專喜歡抓他們把柄。張揚忙說，看來人性都是一樣的，只是制度不同而已，中國人也常舉美國或臺灣的例子，說他們政治混亂。傑森卻說，但那混亂只是表象，相互制衡才不致一家獨大，看起來混亂，卻是現代社會的正常現象。

漢克問，聽說中國人可以有妾？張揚說那是古代，在現在早不合法了，有些人在妻子之外會找情人，不過哪裡都有這麼做的人。

漢克像看怪物似的望著張揚，是嗎，我就不會，我愛我的女朋友。張揚問道，為什麼是女朋友，蘇薇不是你妻子嗎？漢克搖頭，似不屑於解釋，傑森說，澳洲很多男女不領結婚證，也像夫妻一樣地生活，社會不歧視，配套的法律也完善，蘇薇的丈夫去世後，漢克和她一起生活已經有幾年了。

蘇薇滿意地說，傑森在這裡住了一個月了，很瞭解我們。

張揚唯唯稱是。

漢克又舉中國文革批鬥的例子來問張揚，張揚驚訝他竟對中國瞭解得如此多，有些事連他都不清楚。張揚說，目前的中國已經沒這麼誇張了，在我們不知道的角落可能存在這骯髒的勾當，但媒體不報導，我們也不瞭解。

這餐飯張揚吃得極不舒服，不光是不放鹽的連成餅的餃子和半生不熟冒血的烤肉，更是與蘇薇和漢克的交流。他們對中

國一知半解的認識，令張揚不快。他們提的問題，張揚曾模糊地想過，但並未仔細思考過。

飯罷回屋，張揚與對門的傑森寒暄，得知他來澳前在香港中華旅行社工作，那是臺灣的外事機構。他比張揚大五歲，卻未結婚，辭掉工作去悉尼大學修社會學的，因雅思不夠分數，要先在阿德萊德讀語言。

張揚問，那麼好的工作你還辭去，你父母不反對？傑森說父母不管，我花的是自己的錢，我早年在台大讀的法學，讀完社會學想換個不一樣的工作。傑森說話像一個旅行者。就寢前，張揚向傑森借手機打給樸茜，剛一接通樸茜便說，你這死人，飛機掉海裡了嗎，到了也不報平安，爸媽急死了，張揚說我一出國你就咒我，我不是還沒辦手機卡嗎，樸茜說，媽一直絮叨著怕你出事，讓媽跟你說。張揚媽接過了電話說，我以為飛機掉了，看新聞裡沒報導，想報警，你爸卻說報哪門子警，你以為是在中國嗎，我一想兒子跑那麼遠了，我就——張揚聽到哭腔，忙打斷她說，行了，你們老操我的心，讓我不安寧，從小就是這樣。安慰母親幾句，匆匆掛斷了。回屋前傑森說，明天早點起床，我帶你去辦手機卡。

3

　　第二天清早，風從半開的窗外捲動著窗簾，陽光從像輕盈的裙底般搖曳的白窗簾邊緣射進來，雖然是冬天卻不算冷。張揚四顧半晌，才明白身在何處。昨天的經歷比夢還不真實。

　　起床後，傑森帶張揚坐城鐵去了市中心。城鐵從南郊到北郊之間的區段免費，他們住在南郊以南的韋維爾區。城鐵進入了市中心的威廉王子街，街邊是高大的法桐樹，和建於十九世紀下半葉的恢宏的義大利式建築，巨石牆壁的堡壘上，簷口與立柱布滿著科林斯雕飾，深色的玻璃鑲嵌在狹長的窗戶中，古舊而恢宏。郵政大樓與市政大廳的兩座尖塔交錯著高聳入雲，其間摻雜了新式建築，卻顯得十分和諧。陽光本來缺少遮擋，亮堂堂地撲到地上，進入威廉王子街後，卻被法桐樹黃綠間雜的枝葉打碎成了溫和的斑點與光線。

　　二人在藍道購物街下車。街衢與中國的迥異，沒有電動車與自行車道，紅綠燈掛在街口的路燈杆上，行人很多，擠在一起等綠燈。

　　傑森胡帶張揚去便利店辦了Lyca電話卡，按流程啟動了，打去中國每分鐘只花一分錢，晚上十一點後更是免費。

　　這天是週五，晚飯後傑森帶張揚去了辛德雷酒吧街。街兩邊是一層或二層的聯排商鋪，燈光和廣告使空氣染上猩紅與暗黃的色彩，年輕人一群群多得走不完，車只能慢慢地開。酒吧

門口精緻的敞篷陽傘下的座椅皆坐滿了人，中東餐館門口滿臉鬍子的人在吸水煙，酒吧前等著喝酒的人排著長隊，雖說是冬天，女人卻穿著低胸超短裙露著粗壯的腿。張揚穿梭其中，若在國內見到這般打扮的女人他定會忍不住多看幾眼，在這裡卻不知何故毫無感覺。出門前他聽傑森說要帶他去脫衣舞酒吧，非常窘迫，還戴了頂帽子，兜裡揣了口罩，像怕被人認出他來。

他們在酒吧門口買了票。二樓狹長的廳裡，黑暗中紅藍的燈光旋轉著，音樂節奏明快但不聒噪，廳兩頭有半圓形舞臺。二人在吧臺點了柯洛娜啤酒，向一邊的舞臺走去。張揚見舞池上的亞裔女子臉型瘦長，顴骨分明，皮膚偏黑，瘦削小巧，胸部和臀部向各自的方向劃出兩個漂亮的圓弧，在鋼管上越轉越高，又緩緩降下，沖著第一排的幾個白人妖嬈地笑著，目光雖媚人卻又透著堅韌、篤定，彷彿並無肉欲，而是亮閃閃的像群星墜落的兩顆。女人爬到檯子邊緣，第一排有人揮著二十元鈔票塞進她的乳罩，她翻身向裡跪著，那人手仍在她胸罩裡摸了一會兒才抽出來，舉起雙拳炫耀著。女人把裙子脫了，僅穿黑蕾絲內褲和小蕾絲花邊胸罩。張揚不好意思坐得太靠前，與傑森坐在側邊沙發上，喝著加檸檬的冰啤酒，他見傑森出神地望著這女人，就說她身材真好，不知道是不是中國人。女人瞧見了他倆，也從遠處望著他們。

張揚強烈的自卑感像啤酒般冰冷地從脊樑穿過。四下盡是歡樂，他卻格格不入。這女子的美更喚醒了他心裡的悲哀。他已二十六歲了，卻背井離鄉來到這裡一聞不名地開始求學。那些白人往這女子的乳罩裡塞錢，而她很可能也是中國人，或

至少是日本人韓國人或越南人，總之八成和張揚一樣同為亞洲人，卻也來這裡諂媚他們，難道只有這樣才能獲得想要的生活嗎？都說澳大利亞是自由之邦，張揚卻帶著來自中國的心理枷鎖，他雖然不喜歡，卻沒有別的東西來填補，這些心理枷鎖在澳洲顯然吃不開。張揚覺得這亞裔女子恐怕會更喜歡白人而看不起自己，瞧著這女子被玩弄著，就像自己也受了侮辱一般，而產生這種受辱感同樣也令他感到恥辱。

張揚愁腸百結，見另一側舞臺上的女人已脫去乳罩，就不想再靠近這亞裔女了，彷彿沒法抱著正確的心態面對她。

他喊傑森來到廳的另一側，這裡有個高大的白妞，乳房肥碩，全身赤裸，張揚看了，身體並無衝動，心裡卻像釋放了某種壓抑，仰脖灌幾口酒，嘿嘿傻笑著。

白妞退入旁邊小門，另一個白妞上了台，接著，原先的白妞換了裝束回來，倆人都穿著紅色長裙，大乳房從故意拉寬的領口吊出來，手把手旋轉著炫目的紅影，忽然一人倒地了，另一人俯身絮語安慰，地上的人卻不動，活著的正要抱起死去的淒淒哀哀地離場，又一裸體女人登場了，端起手槍噗地射來，槍口冒煙，被抱著的女人卻一個鷂子翻身活過來，音樂加快，三人瘋一般跳起了倫巴舞。張揚覺得有趣，隨著眾人喝彩。

舞女表演完，下臺找客人搭話，一人坐到張揚旁邊說，我叫海倫，你叫什麼，張揚說我叫張揚，海倫問，你來自哪裡，張揚說，我來自中國，海倫說，中國，那可是有錢人的國度，你想欣賞五十塊錢十分鐘的VIP私人舞嗎？張揚忙說不用，我看公共舞就行了，海倫便又去勾搭別的客人了。

張揚問傑森私人舞是什麼，傑森說，就是她把你領進包

房，在你身上蹭十分鐘，把你的欲火點起了卻不讓你碰她。張揚說，你怎麼知道，傑森說，這種東西到處都有，只中國大陸沒有罷了。

張揚說，那豈非很不划算，五十塊可是三百人民幣，我要節儉的，我今天在蘇薇家早飯晚飯又全都沒吃飽，晚飯又跟昨天一樣幾片青菜幾個番茄加烤肉，烤卻不烤熟，真是茹毛飲血，吃飯時蘇薇說不能嘴裡含著東西說話，可又偏故意問這問那的，存心叫我出醜。

傑森安慰他說，蘇薇和漢克喜歡調侃人，你別太當回事，張揚想說他怎麼不調侃你，不就因為你是香港人而我是大陸人，卻未說出口。

這時，一個戴著像紙糊似的寬沿禮帽的白人提著小鐵桶站到舞臺上，嘰裡呱啦地說著話，台下眾人轟笑，張揚聽得雲山霧罩的，只見漢子從鐵桶裡拿出個酒瓶，讓臺下的人捏著驗了真假，從桶裡取出案板、錘子，把酒瓶敲碎，抓起一把玻璃就往嘴裡塞，嘎嘣嚼著咽下了，繼續一把把地抓，直到整個瓶子吃進了肚裡，張開大口，把滿嘴的血對著觀眾。張揚不忍看，漢子卻又把桶倒過來，一手按桶底，另一隻手掰這只胳膊，以它為軸轉了一圈，同方向又轉了三圈，胳膊竟沒斷。接著上來一個女人，抖開布袋，裡面一排針灸似的針，取出一根扎進自己半敞的乳房，從乳房另一邊穿出，又用同樣方法在另一個乳房上穿了兩根針。血從針孔往外淌，她又在臉上、下巴上、鼻子上捏起一撮撮的肉拿針穿透，到最後臉上胸上全是血線在爬，卻帶著一身的針鞠躬，看得張揚心驚肉跳。張揚說，怎麼跟二人轉雜藝似的，但可比二人轉的口味重多了。傑森說，這

本是年度阿德萊德show上常見的表演，酒吧為拉生意，竟也把它們吸引到這裡了。

突然，大廳另一側爆發了混亂，張揚和傑森撥開人潮走過去，一個女人被揪著頭髮往外拖，高跟鞋掉了一隻，仍在掙扎，竟是剛才臺上的亞裔女。揪她的是個穿西裝的亞裔男人，方形大臉，相貌堂堂，但目光冷淡，另三個正裝亞裔男人簇擁著他。

張揚見狀，一時衝動，戴上口罩沖了過去，一個膝頂頂到揪人的男子胸口，把他頂到了舞池邊，那人站穩，正正領帶，表情依舊冷漠，嘴角卻似輕笑了一下，簇擁他的三個亞裔惱了，一個圓臉大鬍子飛腳踢張揚，張揚躲開，另一人卻從後面踢到了張揚，張揚跌在胖鬍子身上，趁勢揪住胖鬍子領帶一個背摔掀翻踩住他胸口，踢張揚的人又沖上來，傑森卻抓住那人的領口和皮帶，舉起扔上了舞臺。

張揚暗驚，傑森斯文的模樣，身手卻好。傑森也戴了口罩，張揚不明白他為何揣著口罩在身。

另一個身材高大者要動手，被張揚一拳打過去，倒在老外身上，被老外甩開，張揚清楚地看到老外拍著自己的衣服，嘴裡說著fucking Asia。被揪的女子攬住了張揚，揪她的男子用漢語頗有興趣地說，你挺厲害，來，再單挑，說著摘下了腕上的江詩丹唐表放入衣兜。張揚衝動已消，心裡恐慌，這下麻煩了，惹上黑社會了。

保安剛好趕來制止，嘴裡罵著get out, you fucking Asia！張揚說，他們打你們的舞女，我們出手救的她。保安看看舞女，舞女驚懼地點著頭。保安旁邊一個經理模樣的人說，OK，謝

謝，但現在請你們出去，舞女也是，先去後間結算工資，然後滾蛋，以後都別再來了。

　　保安數人將張揚傑森及揪女子的四人悉數轟下了樓。揪女子的那首腦在門口沖保安嚷嚷著，別再叫我們Asia，不然殺了你，我說到做到。說罷又朝傑森與張揚走過來，二人以為還要再打，誰知對方卻說，我姓盧，下次見面，記著叫我小盧。

4

　　張揚疑惑地問，Asia不是亞洲的意思嗎？傑森說Asia在澳洲是歧視語，如今來澳的亞洲人越來越多，他們既恐懼又看不起我們，稱我們為Asia，用的人多了就變成了歧視語，你剛來，還感覺不到它的味道。張揚說我感覺到了，昨天一來蘇薇家就感覺到了。舞女下了樓，她換了白色短袖、深藍牛仔褲和白板鞋，颯爽清新，張揚用英語問，你是華人嗎？女子用漢語說是。張揚問，他們為什麼要逮你？女子卻不說。張揚覺得事有蹊蹺。女子站在張揚面前離他很近，他一轉頭，看到女子的鵝蛋臉清秀小巧，膚色幽暗細膩，最是那雙眼睛明亮地照在張揚眼中，張揚被濃烈但並不覺得不清新的香水味裹住，全身皮膚麻酥酥的像要飄起來。張揚從未接觸過樸茜以外別的女人，但他從妻子那兒彷彿沒有得到女人的全部，或說妻子雖然是女人，但還不足以代表女人的整體，不足以阻止那些新鮮的誘惑。張揚緊張地稍微後退一些，問，你住在哪，我們送你回去。女子赧然說，我住的比較遠，今天多虧你們幫我了，我怕再遇到危險，能不能去你們那兒住一晚，我可以給房租。張揚心口撲通了一下，回頭看著傑森胡，傑森望著他倆時的表情突然變得很複雜，張揚看不懂，但傑森又立刻像西方人一樣攤了攤手說，隨你們的便。張揚猶豫著說，好吧。

　　三人從酒吧街和墨菲特街的交匯處向南穿過YHA旁的小道，走到唐人街時，黑黝黝的大紅門亮著幾盞燈火，紅門兩側的街上是矮房，偶而有一座別墅像凸起在廣闊的荒野中，他們從孔雀道向南出了市中心，道路像中國的高速路，汽車飛快地駛過去，黑暗中幾乎沒有行人，兩邊的草坪在暗黑中望不到邊際，紅桉樹在其中像衛士一般挺立著。住處的前套間漆黑，蘇薇漢克應該睡了。三人穿過走廊來到後間，張揚問女孩怎麼稱呼，女孩說我叫施雪純。傑森回房前似有不捨，抓著張揚手腕嘟囔著，你已經結婚了，注意身分。張揚似乎不愛聽這話，傑森也看出來了，撇撇嘴說早點休息罷。

　　張揚見施雪純坐在自己床沿上，就讓她睡在床上，自己展開父母叫他帶的被褥鋪在地上，關燈躺地上了。

　　溶溶月光像湖水一般安靜，從半透明的白窗紗漫進屋子照在張揚臉上，窗外與廚房間空地的那棵藍花楹樹剛好把月亮支起在樹梢，夜色深沉，四下靜得不同尋常，張揚回想在國內即便安靜周遭也有背景音，這裡的靜卻彷彿死後的沉寂。

　　張揚問施雪純，你是做什麼的，施雪純說我也是拿學生簽證的。他問你在哪上學，施雪純卻不說了，他說剛才那人為什麼抓你，施雪純說，大概是不滿意我的服務吧，張揚就又沒話了。

在靜謐的夜裡，他們的每個尾音和呼吸的每絲細節都那麼清晰。施雪純蓋著被子和衣躺在張揚窄小的床上，張揚從沒有如此靠近過樸茜以外的女孩，她的香水氣充滿他的屋子，他回想起白天在街上路過澳洲當地女孩時，很多也散發著類似氣味，彷彿用的是同一種香水。

張揚手機響了，妻子發微信視頻來了。施雪純小聲說，接吧，我不說話。張揚卻掛掉說，不接，心累。但妻子又不依不饒地打來了。張揚像困在一張巨大的網中，他說你等下。他爬起來去廁所，褪下褲子做出拉屎姿勢才接了。妻子在那端說，辦卡了還不聯繫，幹壞事呢？張揚煩躁地說，幹啥壞事？你還不瞭解我？樸茜說，我瞭解你才這麼問的。張揚說，瞭解就不該這麼問，我在國內幹壞事被你抓到了還是怎的？樸茜說，也許你很會遮掩呢？張揚喉嚨噎著氣說，大晚上打來，就是為吵架的？我沒接不是在蹲坑嗎？你樂意看我拉屎？

樸茜說你少來，我沒少看，我一洗澡你就忍不住進來拉，臭的要命我還得洗。張揚忙說，我沒插耳機，澳洲房子都是隔板的不隔音，我擦屁股了，你睡吧！樸茜卻急切地說，老公別掛，我其實是想你了，你想我不？

樸茜從跋扈一下變成這樣，一百八十度的急轉讓張揚跟不上趟，張揚的情緒像棉花被她這兒扯一下那兒扯一下，他煩悶地說，當然想。樸茜說，那你想要我了不？她把領口扒下來露出乳房，那個張揚從談戀愛起揉了好幾年幾乎每天都見到的乳房，樸茜認真地捧在鏡頭前。張揚既震驚又難受，但沒法配合著演，他說先忍忍吧，回國再說。

樸茜似有失落，收起乳房說，我今天和閨蜜張曉和蓉蓉練

瑜伽了，張曉聽說你在國外，很羨慕，說現在經濟不景氣，能移民再好不過了，瞧你出個國多能耐，人家都在誇你。張揚越聽越有窒息感，說，再說就把隔壁香港朋友吵醒了，下回聊，樸茜說你親我一下，張揚就對著鏡頭伸伸嘴，隨著一聲拜拜，他也拜拜摁斷，長出一口氣，像潛水過久缺氧似的。

回屋躺下，施雪純說，女人都需要哄的。張揚說，你聽見了？為什麼房東家用隔板而不用實牆，施雪純說，我租的房子也這樣。

張揚說，我結婚了，不錯，出國我本以為能清靜些，可沒想到仍像有根看不見的隱隱的線拴著我，沒法自由，我說的自由不是要做對不起妻子的事，而是心裡的釋然，是做了對的事就俯仰無畏，不用再取悅誰。但現在，像有張網，從結婚那天我就被裹住了，婚前是父母，現在多了妻子，坦白說他們都是好人，這樣的生活也不是不能忍，但彷彿很墮落，看不到希望。

施雪純微笑著說，我理解，家庭的影響不可小覷。張揚說，你也是為拿綠卡來的？施雪純說不是，我有別的原因。張揚問什麼原因？很長時間沒有回應。張揚憋不住又問，你結婚了嗎？

施雪純說沒有。

張揚說，冒昧地問一句，你——為什麼做舞女？

施雪純仍無回音。

張揚很尷尬。施雪純卻說，我曾接觸過許多男人，他們全離我而去了，他們和我在一起只是為了那事，之前我不知道，後來才懂了的。

張揚暗自吃驚，說，不會所有人都這樣吧，我就不是。

施雪純突然轉過身說，你那麼肯定？如果我現在趴在你身上，你會不會衝動？張揚緊張了，說，衝動當然會，這是身體的本能。施雪純笑著問，心裡會不會也想，說實話。張揚說，心裡——說實話——也會，可也就想想罷了，平時也會想，比如，我有不少朋友去過那種地方，回來還眉飛色舞地描述，我聽了也會想去，但只是想想而已，邁不出去腳。你說男的全一樣我不認同，女的也不全一樣，這世上沒有全一樣的人，我和妻子結婚前我追了她很久，她是我從暗戀一步步追到的。

施雪純說，看來你還是個好人。張揚說，好不好不知道，但這就是我的經歷。

施雪純說，但我遇到的卻全是那種人，有時候在其他人身上很容易實現的幸福，眼看身邊人一個個都得到了，在自己身上卻偏那麼難，難到遙不可及，彷彿很微妙。我不願相信宿命，但又像不得不信。

施雪純側身看著窗口，幽靜的臉上模糊地蘊藏著神往，跳舞的妝容還在，黑長的睫毛下瞳仁閃爍。張揚在地上抬頭看到她的臉，被美的氛圍震懾，忍不住說，你說沒遇見過好人，大概因為你太漂亮，好人往往不夠膽去勾搭你，所以你接觸的多是輕浮的人。

施雪純笑著在床上咯吱翻著身說，那你輕不輕浮？張揚說，我當然不輕浮。施雪純突然說，你能抱抱我嗎？

張揚說，我——害怕控制不住。施雪純像逗他似的說，那就不要控制，張揚窘迫地說，那哪行，施雪純說，你老婆又不知道，張揚說，但我自己心裡會不舒服，不全為她。

施雪純靜下來了，說，你一定認為我不是個好女孩。

張揚說，我沒有這樣想。

施雪純說，我從小家教很嚴，六歲時有一次，母親怪我不聽話，把我一個人從自行車上丟下來，騎著就走，我好害怕，我在後面瘋一般地哭喊，追了她一整條街她才停下來，那是冬天，天氣的寒冷，猙獰地向上生長的枯枝，陽光的蒼白，媽媽冷酷的表情，合在一起的那幕印象非常之深，時隔多年，仍一想到就活動在眼前。大概我們城市出生的孩子都這樣，父母越有文化就越強悍，對孩子的影響越畸形，後來我經歷了很多，也變得很叛逆——這是母親說的，在我身上我只覺得一切順理成章，不存在叛不叛逆——，曾有一件重大的事對我造成致命的影響，從那以後我就變了，後來我找過很多男人，他們彷彿全是同一路人，我被傷害過，我憤怒，掙扎，更加破罐子破摔，但也可以不這樣，這麼做彷彿只為了抗議，可卻傷害了我自己，我的話你懂嗎？

張揚說，懂。

施雪純說，一重重經歷堆積下來，舊的來不及想明白，新的又來，時間不停，不給人時間去整頓，馬不停蹄地走，人只好跟著，體驗壓在身上層層摞起，先讓人喘不上氣，後來卻發現橫豎要活下去，只好眼睜睜看著它這樣卻無話可說。我咋跟你說起這些，喂，你能讓我在你身上趴會兒嗎？

張揚思量著施雪純的話，揣測她的經歷，好奇而又不解，他說，你趴過來吧。

施雪純像個乖巧的貓，下床掀起張揚的被子，張揚往窗口挪了挪，施雪純躺下枕住他左肩，右臂蜷縮左臂抱住張揚，膝

蓋剛好挨到張揚的雞巴，瞬間張揚的身體彷彿要炸裂，他克制著，施雪純卻像是很疲倦，很快氣息均勻地睡著了。

　　張揚看施雪純鬢髮亂了，伸手給她整理，心軟軟的，下體不衝動了，肩膀麻了也不敢動，怕驚醒她。臥室門突然砰砰被敲響，在安靜的夜裡震得地面山響。施雪純的頭落在枕上。張揚開門，竟是蘇薇，在門口張望，看到褥子上的女人，說，你帶人來了？

　　張揚忙關上門噓聲說，她睡了，別吵她。

　　蘇薇說，合同規定不能帶人的，你忘了？

　　張揚說報歉，這是中國人，在酒吧被人欺負了，我帶她來躲躲的。

　　蘇薇冷冷地說，我知道是中國人，很多中國人不守規矩，但你在澳大利亞，必須守規矩。張揚覺得刺耳，忍不住心裡騰起火，他說，我今晚出去住，她替我住一晚。蘇薇說，我不是趕你走，而是和你討論規矩。張揚已穿好衣服戴上帽子，揣好護照錢包，見施雪純睜開了眼，便蹲下說，我今晚出去住，我跟房東說妥了，你只管睡，有什麼事就敲對面傑森的門。說罷就關好臥室門，不理蘇薇，逕自走出了小廳。

6

　　張揚一路闊步，在星辰下的草地旁穿行，四下黑暗，他抄古德伍德大路往北走，像一頭獨狼穿梭在陌生的荒原上，冷風撲來又繞開，到了西郊往東沿著居利街，在模糊整潔的死寂中走向了市中心。終於重見燈光了，時間尚早，仍有小青年溜達著，狂歡在繼續。他見有不少亞洲人混跡其中，從居利街直到威廉王子街，人們都在朝東南的維多利亞廣場走去，清一色黑外套黑褲子黑口罩，有的後背還印著漢字，人流輻輳，張揚沒看清那些字。

　　他在威廉王子街發現一家布魯加拉青旅，心想，這樣的地方或許便宜些。恰巧幾人刷門卡，他便跟進去，二樓的收銀台卻已收工了，他在走廊溜了一圈，休息廳有長沙發，他想乾脆在這兒躺一夜算了，但現在還不瞌睡，便順著叮叮咣咣震得走廊淺藍色牆壁和房頂打顫的音樂聲走到陽臺上。

　　陽臺很大，大喇叭放著音樂，圓桌邊圍滿捏著煙握著酒杯的人，巨大的花壇裡栽著整柱巨棵的法桐，和路邊法桐的枝葉一起伸向夜空，盆頂圍一圈木板，變成了環形桌面，人們坐在高腿椅上喝啤酒與雞尾酒，熱鬧程度不亞于辛德雷街的酒吧。陽臺盡頭有個棚，棚裡有吧台，空間很大，同樣熱鬧。

　　張揚在吧台點了杯玫瑰覆盆子雞尾酒，倚著陽臺的欄杆獨自喝了會兒，發現喝酒的人並不認識，卻坐在一起很快聊上

了，他也擠到一張桌邊，聽他們說自己是挪威人法國人德國人蘇格蘭人或義大利人，都是來澳打工的，但他們之間彷彿並沒有障礙，幾句話就像很熟了，可他們望著他的眼神卻很不一樣，他記得自己說了句我來自中國，旁邊的大鬍子應了一聲，很快就沒人再理他了。

張揚不知道如何插上嘴，彷彿背了一身包袱，十分彆扭，喝完手中這杯，又去棚裡買了一杯，獨自坐在了棚下的空桌旁，但剛坐下就見對面不遠的桌旁竟坐著小盧和三個打手，忙背過身，摸出兜裡口罩戴上，但他忘了打架時正是戴口罩的，反被小盧認出了，正自忐忑，小盧已走過來拉開椅子坐到對面，一個打手也跟過來坐下。

張揚要走，小盧用手勢制止說，別緊張，敬你一口。見張揚壓低帽檐警惕地望著，又說，怎麼不喝？

張揚口罩向上揭開個小口，喝一口又戴好。

小盧突然問，你是香港人？

張揚搖頭，低聲說，大陸的。

小盧卻有些吃驚，那你戴黑口罩幹嘛？不想回國了？

張揚警惕地搖頭，低聲說，不懂。

小盧說，你——難道不知道？

張揚說，我昨天剛來。

小盧說，難怪，你看樓下。

張揚往右手邊欄杆下看，樓下人行道上不知何時多了那麼多的人，全是亞裔，跟剛才街上的一樣，黑衣黑褲黑口罩黑帽子。小盧說，我們還有正事要做，不難為你，你那麼能打，我很佩服，也願意和你交朋友。

小盧說這話時始終平靜地笑著，接著又說，真相並不是人們從表面看到的，有時一個事彷彿明擺著符合某種情況，也就是說，人們會認為事情就如看到的那樣，很容易判斷是非曲直，但實際上不是那回事。眼看到的未必是真的，費盡心力挖掘到的也未必是真的，貌似你救了個舞女，伸張了正義，其實不然，──咱走著瞧，你的做法反而可能有危害性──，當然，危害這詞本身就是相對的，要看危害誰，對這一方有危害對那一方反而有好處，全看你什麼立場了，立場，這正是人與人的根本性分水嶺，立場不同則徹底沒法談，你在國內想必也聽說過「內部矛盾」和「敵我矛盾」的說法，這裡有著根本的區別，如果是後者，不用多說，只有通過這個來解決──小盧說罷亮了亮拳頭。

　　張揚聽得迷瞪，突然，小盧的打手指著欄杆外，快看，這婊子也在裡頭！

　　張揚也忙探頭，順著所指，看到一個女孩的背影，竟很像施雪純。真是她嗎？她不是在我的寓所？難道她跑出來了？

　　一轉眼，女孩的後影隱沒在路人之中，小盧和打手及另一張桌的兩個打手同時嗖地閃身沖進青旅走廊，不到一分鐘，張揚見他們已在樓下的街上跑著，張揚不放心，大口灌完了酒，也忙下樓沖出青旅。

　　街上黑衣人在增多，每過一個路口就走出一些，全匯入了威廉王子街，人群到維多利亞廣場就停下了，黑壓壓人山人海，張揚看他們的裝束和電視裡的砍人頭的恐怖分子相似，只是沒拿槍，張揚湊巧也戴著黑口罩黑帽子，混在人堆裡跟著他們一起走向維多利亞廣場。他看清一個黑衣人後背印著「願榮光歸香港」，許多人後背印著這字，身邊人講著粵語，有人高喊「五大訴求」，許多人舉手回應「缺一不可」，從維多利亞廣場與佛蘭克林街交叉口直到南端的高齊街，奔騰的呼喊像把整個世界都連了起來。

　　鳳凰木葉子在夜空嘩嘩搖曳，人們變成了整齊的佇列，廣場前街歸然不動的人群像在等待，黑帽檐下數不清的銳利、執著的眼神，像無數道泉水往張揚的心裡湧著。

　　張揚激動地穿梭著，草坪上坐著很多人，張揚吸著清新的夜氣，想，他們也是中國人，但為什麼那麼不同？人們從四面八方喊口號，彷彿「永世不當差」當差便如何，喊罷全都笑了，這氛圍像消失已久但又似乎並未消失的，而是潛伏起來了的某種純真。傑森也是香港人，和他們竟來自同一個地方？

　　張揚在香港人之中本能地感到害怕，有人穿梭發傳單，繁體字的，最後一條「普選」像閃電劃開他的頭顱，怎麼像歷史課本裡的？現在還有人在追求這個？張揚納悶地握著單頁，不

遠處搭起的臺上有演講，他不懂粵語，沒有過去。

廣場邊緣的員警和香港人說笑著。突然，格羅特街有一群人沖向廣場，穿著雜色衣服，陣勢不小，圍成弧形，兩方交界處傳來爭吵，張揚走過去，見一個高大的穿亮棕色夾克的大陸人操著東北口音沖旁邊的黑衣女子嚷著China萬歲，反對港獨！矮小的黑衣女子後退，用磕磕絆絆的普通話說，我們沒有港獨，東北漢子似乎沒聽她說，仍撒嚶掙似的往前逼近，身後人們跟著吆喝。張揚立刻認出了一張張他熟悉的臉——他雖然不認識他們中任何一個，認出了那些臉上的兇殘、冷漠、機警和痛快，強烈的羞愧使張揚難以忍受。

眼看東北漢子揮起拳頭，張揚搶上前擋住，抖動著傳單說，這上——沒有港獨啊，東北人吃一嚇，抖擻精神地罵著，你他媽大陸的？大陸的跟港獨一起？揮手吆喝，這兒有大陸的港獨呢，把他逮住！說著鉗住張揚的小臂。

許多人上前揪張揚衣領，抓張揚外套，掀張揚帽子口罩，他的衣服幾乎被人扯爛。人群亂作一團，身後的人用粵語高呼保護義士！香港人就也上前抓張揚，和大陸人扭在一起，張揚的帽子掉到地上，口罩也險被扯去，幾個員警擠進人群，推搡著大陸人，把他們驅趕到了廣場外。

張揚被香港人攙進人堆，他額角出血，有人把帽子找回遞給了他，剛才的女子用生硬的普通話說，若不是你，我真被那人打了。張揚驚魂甫定，不敢久留和多說，只點頭說了句不客氣，就揮揮手跑了。

他憋著許多話，遠離了他們，跌跌撞撞出了廣場，激動使他的眼睛淌出了酸酸的淚水，喧騰的人聲在背後漸遠，像

個遙不可及的夢，他見四下沒人，把口罩拉下來擦擦眼，重新戴好。

街口躥出幾人，張揚一見是小盧，忙閃進路邊的門樓，一個男人向東跑，小盧幾人在追，過會兒跑光了，恢復覷靜，張揚才又踏起流星大步。

到蘇薇家已是後半夜，房子靜得像墳墓。悄悄推開臥室的門，地上床上都沒人。打開燈，桌上有張字條，剛勁的筆體寫著，謝謝你和你的朋友，我會報答你們的，施雪純。

果然走了。小盧看到的真是她？小盧為什麼追她？張揚迷惑，走到傑森的房門旁，趴在門上聽動靜，想敲卻沒有下去手。

第二天到飯廳，傑森也在，張揚忙問，你知道施雪純什麼時候走的嗎？

傑森胡端著三片烤好的麵包和一杯咖啡坐到餐桌旁說，我送她走的。張揚一愣，你送的？送哪了？

傑森猶豫一下，突然抬起頭說，你能答應我不再對她有邪念嗎？

張揚一愣，尷尬地說，什麼邪不邪念，我都結婚了還能怎樣？你——你喜歡她？

傑森問，如果是，你會不會不高興？

張揚從未經歷過這樣的時刻，眼珠不知道該盯著哪好，擠出個笑來說，那你就喜歡唄！——問我幹嘛？

傑森胡低頭抿了一口咖啡，似在思考，眼神憂鬱。

張揚說，對了，昨晚我見到遊行了，應該是你們香港人。傑森問你也去了？張揚說，誤打誤撞碰見的，有大陸人沖過

來，兩邊起了爭執，我還幫一個差點被打的香港女人解了圍。

傑森一驚，你是不是險些被大陸人抓去？

張揚說你怎麼知道？傑森說我也在場的，我送走施雪純就去了。張楊問怎麼沒見到你？傑森說，我在演講區協助維持場務，張揚說你是組織者？傑森說不是，有朋友是，我頂多算幫忙的義工，知道嗎，你被香港人當英雄了哩！張揚說還英雄呢，都他媽嚇死了，你們為什麼遊行？傑森邊洗杯盤刀叉邊說，這裡沒有網禁，不像中國大陸，你上網查吧。

8

接下幾天，張揚在YouTube看關於中國的視頻，也包括香港遊行，越看越驚訝，他像睜開了眼，一連幾天看如城管打人，拆遷衝突，上訪衝突等視頻，看一會兒就很激動，跟傑森說說，回來繼續看。YouTube上對中國的報導和國內的迥然不同，卻與傑森和蘇薇的觀點基本一致。

他終於明白國內如何封鎖資訊的了。YouTube有些視頻讓張揚覺得過分煽情，言過其實，但他依然看得津津有味，他對描述的事件並無探究，但回想著國內相反的報導，雖仍不知實情，平衡的消息已讓他得知實情遠非簡單。

新的聲音每天撞擊著張揚的頭腦，叩開他的耳朵和雙眼，在眼前展開圖景式想像，句子編織著色彩引起情感和思緒，海浪似的一波一波推著他向前，心靈張開孔道，鑽出綠草，不可遏制地生長，許多事串在一起，不是以謹嚴的邏輯，而是以整體的省悟，一種頓悟觸發了另一種，一座座高牆被推倒，一扇扇門被打開，張揚像狗一樣嗅到美味並四處奔躥，靈魂難以遏制沖出去的衝動，身體太狹小了，彷彿裝不下心靈，只有泡進酒裡，用酒承載著讓它飄起。

酒是打折的澳洲設拉子紅酒，漢克運了很多箱回家，僅兩塊五一瓶，張揚從他那兒買了幾瓶，後來也去附近bottle shop買過。傑森說澳洲法律禁止拎著酒在路上喝，張揚就用紙袋拎

回，窩在臥室喝，喝著便彷彿隨著深紅色的液體飄起，像大學那次在湘江泛舟，隨身下的船和船下的江水搖晃著，枕著衣服躺在船頭木板上，喝完把酒瓶丟水裡，躺著一直飄到了洞庭湖。那次他和朋友各拎一瓶竹葉青酒去江灘散步，循著夜色找到一隻停靠的小船，他逸興遄飛地給了船夫三百塊，非要他拉他倆去洞庭。那晚他身下的水和體內的酒一同流淌著醉意，在夜空迴旋著，一路來到了洞庭，那裡有更大的水與更多的夢，他在茫茫的夜的核心被不斷放大和縮小，水張開漆黑的跑道，把他帶進自然的力量之中，使那力量成為他的一部分。

張揚雖是北方人，卻深愛著湘江，湘江的秀麗與氣勢，磅礴與柔美，秦皇島沒有。秦皇島有山和海，海是壯觀的，山是堅硬的，但全都單調生硬。張揚在長沙時傍晚常去湘江邊散步，有時是獨自轉悠，有時和為數不多的朋友，有時是和樸茜，那種夢游似的置身於天水間的自由豁達，大學畢業後就沒有體驗過了，現在卻又回憶起來。

張揚在漆黑的夜晚孤獨地喝著紅酒，YouTube的聲音在他僵硬如屍體的體內無人知曉地劇烈翻動著，有時他半夜忽然坐起，胸中發出一聲悶喊，咣當又躺下。

除與傑森交流外，他有時也與蘇薇交流，和傑森用漢語聊得比較深入，彼此能理解，跟蘇薇卻不一樣了。從他來澳洲起，蘇薇就經常問他中國的事，而且都不是好事，耳目一新的張揚也願意和她探討，起初交流頗為理性，張揚固然不喜歡跟老外說自己國家不好，但覺得拒不承認某些事實或故意說謊更噁心，明明誰都知道的事，說謊只丟自己的臉，丟中國人的臉。而且張揚喜歡開放式的、帶有思考性質的談話。然而話匣

子漸漸打開，張揚卻發現蘇薇多次不懷好意，話裡帶刺，滿臉嘲笑與優越感，動輒China這個China那個，十分刺耳，而且望著張揚時的眼神，彷彿張揚就是她嘴裡那個China。張揚想，那些噁心事又不是我幹的。但張揚英語不夠地道，心裡惱恨，卻沒辦法解圍。

矛盾不止這些。張揚在蘇薇家吃不慣，晚上清一色蔬菜沙拉烤肉，早晨是幾片麵包一杯奶，沒有米飯炒菜，沒有麵條饅頭，他習慣吃的飯菜全沒有，而且全用刀叉和盤子。蘇薇家有筷子，有一次蘇薇見張揚用筷子夾麵包，跺著腳喊漢克你快看，他用筷子夾麵包呢，倆人像觀獸似地觀看他，——不就是筷子夾了麵包嗎？他們卻無情地嘲諷他。吃飯時，蘇薇說張揚低頭用叉子往嘴裡送不禮貌，故意誇張地學他，學得像狗一樣趴到盤子上，張揚說我有那樣嗎，我是怕叉子叉不住掉下，蘇薇卻教導他吃飯坐直。每天吃飯對張揚來說像受刑，張揚只做戲似的吃兩口，根本吃不飽。

麵包不限量，一次張揚太餓，早餐吃了好多片，收了一袋麵包的尾。蘇薇事後問麵包怎麼沒的這麼快。另一晚張揚去廚房翻出兩包泡面煮了，第二天蘇薇又說泡面怎麼沒了，傑森笑著說你問張，蘇薇用誇張的嚴肅表情望著餐桌上坐著的張揚，張揚笑著道歉，蘇薇卻板起臉問，你認為我像開玩笑嗎？場面頗尷尬。

合同規定張揚能在家做午飯，他去超市採購，發現有些東西比國內還便宜，牛奶最便宜一澳元一升，麵包也有一澳元一條的，他買了一堆，餓了就在臥室喝牛奶嚼幹麵包。

一天中午他在廚房炒菜，發現澳大利亞抽油煙機的馬力不

夠，抽不走煙，滿屋煙氣，蘇薇一進來就拚命擺手，以為著火了，但合同既寫了可以做飯，蘇薇不好攔阻，摔門而去了。張揚不想得罪蘇薇，沒再在廚房做飯。

出國前媽媽給他帶的電鍋派上了用場，澳大利亞雞腿便宜，超市傍晚打烊時有打折到七塊錢十隻的，張揚不想見蘇薇，在臥室插上電鍋把雞腿和米飯撒上鹽和醬油湊合著悶熟，在臥室裡吃。有一次沒拉窗簾，蘇薇從對面廚房瞧見了，走過來說，張，臥室是用來睡覺的，不是吃飯的，你在中國家裡也這樣嗎？張揚連說sorry，卻想，我們做的是正常人的飯，哪像你們，還那麼多的規矩，抽油煙機也像陽痿似的。

一次，餐桌上漢克問張揚，你怎麼看待有色人種，張揚想，有色人種是你們發明來貶低我們的詞，你竟當面問我，擺明是侮辱我。他憤慨地說，我們都有色，你是白色我是黃色，沒什麼大的不同。漢克固執的臉就貼上了厚厚的鄙夷。事後張揚惱火自己回答得笨拙，應該更一針見血。

傑森說，你太認真了，他們就這樣，有很強的種族歧視。

張揚說，種族是天生的，又不是他幹了轟轟烈烈的事贏來的，牛逼什麼。又說，他們對你就不這樣，你是香港的，和他們都是老英國那條線上的。

傑森說，他們不瞭解中國，要麼以為中國還像文革一樣滿街批鬥，要麼以為中國已繁華得不得了了，想侵略世界，全是胡扯。他們對中國黑暗的部分能看到你看不到的，那是因為有言論自由，但他們對中國的認識的確有偏見。可這也正常，我們對於別國，如果只看網路或電視，也會有偏見，中國又不是他們的國家，他們沒有義務瞭解，這些只是他們茶餘飯後的

談資。

張揚一想，也有道理。

這些日子，張揚的心靈被左右矛盾的事物撕扯著，他像嗅覺過度靈敏卻無法思考的動物。傑森說，你要明確目標，多瞭解澳洲文化，儘快把英語學好。張揚想，我確實不夠關心澳洲，看見什麼就不自覺地聯想中國，心思還在國內。父親讓張揚提前二十天來適應環境，來了卻處處體現出不適應。

開學前的這些天，張揚常獨自去蘇薇家北邊的維爾草坪，攜一本書來讀，綿延的草坡越來越深，望不到頭，四周是柔滑起伏的綠海，陽光噴射千條萬條金色的釣鉤，紮進草裡，樸樹與紅桉樹的葉子重複著低沉宏大的窸窣，像連成片的看不見的駿馬，摩挲身子蓄著勢。

張揚看書累了，像流浪狗一樣在巨大的綠色內部轉悠，躺下睡去，醒了仍天亮著，看不出幾點了，也懶得看。頭上的雲像巨大結實的有重量的石頭，從半透明的藍底凸出，像要掉下卻遲遲掉不下來，富有張力地和張揚對峙著。身下修剪過的草莖彷彿刺進肉裡，把張揚頂起，現在才感覺疼，一直壓著的右臂沒了知覺，生硬地抽出，揉好一會兒才酸麻。

單調的美景阻斷了張揚與豐富生活的聯繫，孤獨變得像綠色卡通一般可笑。在這讓人迷惑的荒漠中，遠處有幾個走動的影子，是兩個大人一個小孩，有個白點是狗，草坪太大，他們移動一會兒就消失了。張揚打兩個滾，像狗一樣叫了兩聲，起身看看，沒人。在澳洲不管發生什麼，回去親戚朋友都不會知道。他彷彿被世界遺棄在了這片無邊的綠地上。這意味著什麼？他像被綠的荒漠掏走了靈魂，姿勢像個大大的問號。

天漸漸變暗，張揚彷彿清醒了，相較于白天，張揚更喜歡夜晚，夜的安靜與黑暗讓他感到力量。張揚內心憋著一團雄心壯志，伸展不開，不知該伸向何方。夜的神祕彷彿啟動了他，告訴他要想安心地變成澳洲的一株草一棵樹簡直是癡心妄想。

跌跌撞撞沖回家，傑森正打電話，彷彿提到了施雪純，言語急切至於哀求。很快傑森無聲了，張揚敲傑森房門，虛掩的門被推開，傑森迅速而尷尬地站起說，上次你請我喝酒，今天我也買了瓶紅酒請你。

傑森從廚房取來杯子，二人各斟一杯。

張揚忍不住問，那天施雪純在我這兒休息，你怎麼送走她了，你們——怎麼回事？

傑森沉吟良久，說，你走時我還沒睡，我本來是回來取東西去遊行現場的，我起床剛一開門你屋門就開了，施雪純定定地站在門口，我說你怎麼起來了，她說我跟你一起走。她拿筆在桌上寫了什麼，寫完拽起我就走，走到了維多利亞廣場，告別前她把手機號給了我。一路上，我問她居住環境如何，她說房東是個四十多歲的盲人，澳洲本地的，對她挺照顧，我問是男是女，她說男的，又說房東好幾次跑到她房間裡了，我問晚上嗎，她卻又說房東行動不便，需要幫助，有時是個白人女的來。我說房東是不是有企圖，不行你搬到別處，她卻低頭思忖著問，如果人有了堅定的目標，是不是所有的行動都要圍著它？我一愣，我說，如果目標正當，按說應該，但不能為了實現它就做傷天害理的事，她問什麼是傷天害理？我一時不知該如何作答，我說，我的意思是不能做違反上帝之道的事。我很沮喪，在施雪純面前彷彿變得很脆弱。我又說，人本身就是軟

弱的，我們在男女的性交中孕育出來，從出生起便帶著原罪，但如果謙卑自省，上帝也會原諒的。我問你是基督徒嗎，她說不是。她說真會被原諒嗎？我挺震驚，不知道在她身上發生著什麼，我心中的迷惑比頭頂的夜空還黑，我說會的，施雪純就點點頭像是確定了，又說，我簽證快到期了，我說你不是學生簽嗎，施雪純說其實是三個月的旅遊簽，我想轉學生簽不知該怎麼轉，我說你要回國重申，不能直接轉，施雪純卻說不想回去，況且恐怕也來不及了。為什麼來不及，她卻沒有解釋。她說，你相信人性是善良的嗎？我說當然了，人根子裡是善良的，人的善良不是說人無罪，而是人後天能夠自省，認識到罪並從罪中掙脫出來，挺立為人。施雪純就高興地跳了起來，揮著胳膊在前頭跑著，我很忐忑，不知道她是否把我的話聽成了別的意思，也不知道把她推向了何方。我不放心，我說你到底遇見什麼了？她竟往回跑到我的跟前一把抱住了我，像個孩子一樣抬眼看我，黑黑的目光讓我緊張得無處躲藏，我既激動又壓抑，突然明白地意識到，我喜歡上她了，在那一瞬間這彷彿固定成了一個清晰的事實。我哆嗦著把嘴貼上施雪純的眼睛，剛挨著她的睫毛她就別開腦袋伏在了我胸口，不穿高跟鞋的她非常瘦小，她歪著頭抓著我胳膊如小孩子一般，我用手摸著她頭髮，從頭頂到髮梢撫摸了好幾遍，我竟很羞怯，我已經很多年沒有這感覺了，走到維多利亞廣場，我說我可以繼續送你，她卻給了我一百澳元說，祝你們的事業成功，這一百塊你看給誰或怎麼用，說著抓起我的手把錢放在我手心，她的手細小，軟軟的熱熱的，她穿過廣場的人群走了，我很興奮，像翻開了新的一頁，我找到做場務的朋友小宋說有人捐了一百，小宋問

誰捐的，我說是大陸人，但也可能不是，真的，我到現在都不知道施雪純是哪裡人，或說她根本不像人，唯一能證明她真實存在而不是某個夢境的是她的電話號碼，剛才我忍不住撥了，她聽出是我，聲音卻有些含混，說現在不方便接，我問你有麻煩了嗎，她說沒有，但她旁邊好像有不正常的聲音，我問誰在你的旁邊，聲音卻增大了，她驚叫一聲追逐似的強忍著說，不跟你說了，我突然很緊張，莫名地怒火中燒，但她已經掛斷，然後，你就進來了。

傑森說完，急救似的喘著氣。張揚說，沒想到你是性情中人，這幾天我老覺得你捉摸不透，現在倒理解你了。傑森疲憊地說，我其實很簡單。

張揚踱著步子，煩悶地說，這女孩不正常，你最好別靠近她，我只感覺她很不靠譜，她是什麼背景，來澳洲有什麼目的，怎麼當的舞女，我們全不知道，簡直是個神祕人物，最好別對她抱有幻想，把你搭進去就不值了。

傑森卻靜靜地端起了酒杯，有那麼幾秒紋絲不動的像一尊雕塑，他把酒送到嘴邊仰脖喝幹了，一線暗紅從嘴角流下像條赤裸的血絲。

9

　　時間沉重而緩慢地走到了開學，張揚和傑森在同一個語言學校，卻不同一班，語言學校掛著大學的名字獨立經營，成績對等於雅思並被大學認可，張揚沒考夠教育學要求的七點五分，因此上了語言學校，第一天進班竟遇見了小盧，小盧穿卡其色外套淺棕色休閒褲和藍運動鞋，大喇喇地招呼他，彷彿不認識他。張揚想起那天自己戴了帽子口罩的。

　　班上人一半以上來自中國，幾個假睫毛超長的女孩打扮得像動畫片裡的人，開口就是我爸是政委，你姥爺是市長，相互打量像在試探底細，掂量值不值得交往。張揚自卑，但很快卻又自卑不起來了，覺得他們思想貧乏，膚淺無聊。他們課下很能扯，上課做觀點闡釋時卻怯聲怯氣，而且一半時間都在發呆，面無表情地望著前方或別人，像動物一樣。

　　小盧很快和他們打成一片，拿到他們的論文作業交給張揚代寫，說你准能寫好，一看就是那塊料。張揚也想找兼職賺錢，便接下了。談好的三百塊錢兩千字，有的同學甚至把所有論文全包給了張揚。他們雖讓張揚代寫，卻沒有靠近他的意思，他也不願接近他們。他隱約聽他們說小盧是個勢力極大的高官的兒子，具體情況卻不清楚，有人說小盧和語言班的中國女孩一個不落全搞過，他再次見小盧和班上女生時就忍不住觀察，卻沒看出異樣。

語言課結束，小盧在西郊麥爾安德區的別墅組織了一次party。班上中國人都去了，張揚拉上傑森一起去的。別墅位於層層蛛網般的社區內部，人們在院中拿著酒杯三兩交談，女同學莎莎穿著白連衣裙黑襪黑鞋，戴著長兔耳朵迎接他們。廳尾的走廊連著內室，他們循著笑聲進一間屋，卻發現沿門的沙發上，竟坐著施雪純。

　　施雪純也認出了張揚與傑森，對他倆微笑。傑森卻突然很緊張。

　　小盧從外面走來，拍拍張揚問這是誰？傑森見是那日的小盧，剛想說話，被張揚擋住說，是我朋友傑森胡，香港人，傑森，這是盧從戒，我班同學。

　　小盧彷彿未認出傑森，笑呵呵握著傑森的手說，幸會，香港最近表現的可不怎麼樣，在香港鬧不夠，還鬧到國外，前不久阿德萊德也來了一出。傑森正要回話，小盧環顧屋內，瞧見施雪純，一怔，擺手說你們先稍等，走過去問，你來這兒幹什麼？

　　施雪純從沙發上站起，她穿著深紫色長裙，端著酒杯挑著眼直視小盧，我為什麼不能來？

　　小盧氣惱地說，整整兩年，能給你的我都給了，你還嫌不夠？

　　施雪純顫抖著說，就是因為整整兩年，我今天才站到這兒的。

　　小盧撓撓頭，俯身低聲說，你到底要什麼，痛快地說。

　　施雪純說，確切說我不是來找你的。小盧說那我就不懂了。小盧在她屁股上摸了一把，施雪純觸電似地往後一跳，凝

重而困難地說，別碰我了，不需要了。

　　小盧乾笑一聲，又要俯身摸她，施雪純架起胳膊阻擋，傑森上前質問，她叫你別碰她，你沒聽到？施雪純卻對傑森很冷漠，她默默擦拭著手臂上灑出的紅酒。

　　兩隻手搭上傑森肩膀，是那次在酒吧的胖鬍子打手，兇惡地瞪著傑森。小盧打了個響指，胖鬍子放開了。施雪純木然地看一眼傑森，說，跟你沒關。小盧嘿嘿地笑著說，聽見沒香港佬，跟你沒關。並對胖鬍子說，不用緊張，來的都是客，給他們拿酒。胖鬍子給傑森和張揚各端了一杯紅酒，二人勉強接下。

　　小盧陰笑著對施雪純說，你真厲害，能跑到澳大利亞鬧，快趕上香港人了，你想毀我那是妄想，我從沒有恐懼過誰。施雪純眼中似有無盡的怨恨，說，我做的事與你無關。

　　小盧無奈地搖頭說，你把這杯酒喝了就證明與我無關。他從桌上拿起一大杯四十度的杜松子酒遞給施雪純，施雪純說為什麼還要聽你的，小盧說，你很能喝，你忘了那次在新田城比喝酒，我都不如你。

　　施雪純猶豫片刻說，如果喝了，你要告訴我個事。小盧說喝了再說。傑森卻搶過杯子說，我替她喝，逕自將杯中苦酒倒下喉嚨。小盧愣了，拍著手說夠魄力。施雪純也像挺吃驚，無言地審視著傑森。施雪純對小盧說，你幫我查一個叫紅姐的人。像怕小盧沒聽清，又重複一遍，北京赫赫有名的紅姐，現在人在澳洲，你不會沒聽說過。

　　這時胖鬍子突然衝上去掐施雪純脖子，掐著她推到沙發後牆上逼問，你怎麼知道的？

小盧踢胖鬍子一腳，胖鬍子爬起來又挨了一嘴巴。媽的我都沒伸手，你急什麼。胖鬍子無地自容退至一旁。小盧轉而問施雪純，究竟誰派你來的？施雪純摸摸脖子，從驚嚇中回過了神，克制著恐慌說，你真想讓我當著這麼多人告訴你？小盧拍掌大笑，有種，先不說這些了，先party，鬍子，把音響打開！

　　音樂響起，屋外的人湧進來，光線抖開綠的紫的紅的藍的顏色，煙騰騰嘈雜的樂聲中人們像跨過濃煙的一條條彩蛇般扭動著，有人仍在沙發上聊天，張揚捉摸不透，要說他們放浪形骸，他們言談中顯露的觀念卻又平庸保守。

　　冰涼的紅酒像阿德萊德冬天清冷的空氣，流入張揚體內，張揚問傑森，你醉了嗎？傑森搖頭，眼神卻有些呆滯。音樂和緩了，小盧坐到沙發上傑森旁邊，傑森言語微醉含混，卻堅定地說，別再這麼說香港人。小盧說，說香港人你不願意？告訴你，誰讓香港獨立誰就是千古罪人。傑森說，香港人爭民主爭普選，沒有要獨立，是你們歪曲污蔑我們。

　　小盧說，你們追求的普選民主，在中國也好香港也好不可能實現，極權主義永遠存在於任何時代的秩序背後，即便現在的西方有民選政府的外殼，也是極權主義發展成的成熟新形式，當一切秩序已牢不可破，上層集團才敢搞這玩意兒，讓民眾像遊戲似的有了參與感，中國卻玩不起這玩意兒，掌權者也不會讓你們玩，但不管什麼形式的政府背後都是極權主義，某些時刻弱者會反抗極權，但贏不了，就算贏了，領頭人也會成為新的極權主義的核心。

　　傑森說，人們在覺醒，不會再容許這種倒退。小盧輕蔑地說，你們燒地鐵堵路，這就是覺醒。傑森說，這只是手段，

是為逼政府就範，小盧說，那你倒看政府怕不怕，而且，西方根本不會管你們，你們對西方一直存在誤解，一切全是政治。中國經過多年的矯正已進入了穩定時期，與早期創黨已不同，那時的極權主義根基還不穩，但他們的後代受到良好的教育，不會再允許任何過度的愚昧，中國民眾也早已不要求政治權力了，不追求言論自由了，不信你隨便抓個大陸人問問。

傑森說，那是過去幾十年你們持續愚化他們的結果。

小盧說，就算你對，但因此說民主會在中國實現是謊言，這樣一群中國人如何實現民主。

傑森說，但隨著和外界接觸增多，人們最終會產生這種需求。小盧說不會，物質水準越高越不會有這種需求，赫胥黎寫過《美妙的新世界》，對科技極權主義做了闡釋，雖然赫胥黎是從反面批判它，我卻要說，這的確是和平、富足、安樂的美妙新世界，在眾人凝聚萬眾齊心的鼓吹下，中國民眾的國家信念會增強，即便接觸西方，那些愚昧的腦子——是你說的，我卻覺得他們可愛——除覺得耳目一新外，不會想把它們帶回國並掀起波瀾，人們早不在這個層面考慮問題了，隨著政府和民眾越來越富裕，政府對民眾的欺壓也變得不再那麼肆意，你不公然反對它，極權主義就不會過度凌駕於你，當然，向極權主義挑戰的人仍會受到打擊，但大多數人是幸福的，大眾會明智地拋棄這些危險人物。

傑森說，你過於樂觀了，即便每個人只關心利益，仍會有紛爭，社會矛盾，外部危機，敵國環伺，資源匱乏等都會導致政府公信力危機，民主的要求遲早會發生。

小盧說，你這樣的人真是國之大患，最好讓我一一記下

名字。傑森說你記下我也不怕，這是人類的趨勢，這種分崩不會造成新的極權主義，而是會產生政治均衡，法律會變成國家法律，國家軍隊將會產生，公務員將為國效忠而不再受黨派驅使，政客將文明爭鬥而不再行使威權。

小盧惡狠狠地說，你對中國簡直一竅不通，你這輩子絕對等不到，再等幾百一千年也不可能。傑森也愈發激動說，那是你不瞭解多少人在暗裡工作，瓦解著極權主義的大廈，當你還做著春秋大夢，好事已經降臨到國民頭上了。

小盧騰地坐直，指著傑森對張揚說，這人真是你的朋友？張揚臉上熱熱的，說，意見不同討論便是，都別動氣，小盧猙獰地說，不像你說的那麼簡單！

張揚愣了愣，說，就算你是對的，──對不對我不知道──，人與人有分歧也正常。

小盧彷彿仍希望說服傑森，你不要太高看言論自由，人活幾十年，怎樣最大程度地減少病痛才是應該考慮的，在生存面前，言論自由政治選舉全都一文不值，不要試圖把每個人變成政治人，只有極權主義核心的強者才能從頭到尾做政治人，做政治人並不容易，普通人追求的永遠是人性永恆的東西，你們誤導民眾，妄圖把人全變成政治人，中國人沒受過政治訓練，一旦人心普遍膨脹，社會將混亂不堪。

傑森也不依不饒地說，笑話，政治本來就是生活的一部分，你們更讓生活中遍佈政治氣氛，遍佈壓抑和管控，他們非但都變成了政治人，而且還是無權參與只能盲從的政治人，萎縮、糊塗而危險的政治人，正是你們封鎖資訊，不斷用同一種聲音干預他們的判斷，才把他們變成這樣的，歷史會銘記你們

的罪惡。

　　小盧說，對，是我們把他們變成這樣的，但這符合人性，歷史不會銘記我們的罪惡，反而會銘記我們的功德，你們對歷史一直有錯誤認識，歷史是人寫的，只有實力長存者有能力決定歷史，西方人殺過那麼多土著人，剝過那麼多人皮，滔天大罪數不勝數，可現在澳大利亞中學歷史課已開始弱化並刪除這些罪行了，你如何解釋？當西方社會不斷強大和完善，掌握了世界話語權時，他們必然也要歪曲歷史，反而是中國課本記載著那段罪行。歷史掌握在當下手裡，歷史的博弈正是活人的博弈，誰掌握了話語權，歷史就是誰的，別再諂媚西方人，他們從未為別國民眾考慮過，在非洲西亞和中東，從沒有過，不然他們為什麼不斷激化當地的矛盾與殺伐，並屯兵觀望？當然有物資的原因，但他們完全可以協助開發當地的資源並補充自身，這樣還可以促進經濟，可是為何相反，他們總能蜻蜓點水般地挑起事端，把當地政壇搞得一團糟，使當地陷入連年的戰爭與分裂？中國是為數不多的他們不敢隨意騷擾的國家，可是因為你們這些人不斷挑唆，一旦現行政府垮臺了，西方必會在中國扶植軟弱的聯合政府，到時群雄四起鬥爭不斷，西方人要的效果便來了，不過你們休想得逞，我們不會讓你們得逞的！

　　小盧越說越興奮，張揚怕他倆打架，隔開他們，好賴勸著坐下了。兔耳朵莎莎嗲聲嗲氣地說，盧哥幹嘛，半晌不來跳舞，被小盧一推老遠。

　　張揚不願得罪小盧，但也不想違背內心，他忍不住問，我也有不明白的，比如，我們那兒的中學蓋樓，校長跑了許多部門，三年才辦下動工手續，蓋了八百六十四個章，校長在全體

職工大會上說，我們真他媽太難了，說著就大哭起來，我想，即便根本的制度不改，行政上是否可以簡化，他們是你們內部人，你們刁難他們幹嘛，而且繁冗的程式只會讓各部門推卸責任，比如樓一旦出事，誰都可以說不歸我管，找別的部門。減掉這些繁冗程式，人力時間及其他成本都將減少，責權關係也會更清晰，豈不對發展更有利，對你們統治更有利？

小盧聽罷，饒有興趣地咳了幾聲說，問的好，這你就不懂了，不能讓他們順風順水，要幹事就能幹成，發展也不是快了就好，要有意設夾縫，讓人們在夾縫中發展。八百多個章蓋下來，人已經累得半死，這樣就沒有工夫貪求別的了，制度也更安全。至於出了事，正是要讓他們相互推諉無法追責，誰想追責就追責，我們的權力又從何體現？八百多個章反映了集體主義精神，讓每個部門都參與，但又牢牢把人封鎖在各自的崗位上，這正是治理的精髓。別擔心效率，雖大費周章樓不是也蓋好了？他們自己會操心，不會讓樓蓋不成的。經濟發展不會受損。

傑森氣憤地說，你們做的一切全是為了奴役人。

小盧輕描淡寫地說，也可以叫治理，說那麼難聽幹嘛，你們太幼稚了，要說年齡也不小了，有人開竅早，有人開竅晚，沒辦法的。總之你們低估了人性的惡。穩定的社會秩序正是各個人的惡之間的張力平衡，普通人僅能承受小惡，比如小孩偷個蘋果就很開心，能做大惡的都是有智慧有教養的人，有人弄死幾十萬人照樣該吃吃該睡睡，你試試，比如在這屋裡，你拎出個人弄死，法律制裁還在其次，你自己恐怕先就精神崩潰了。

施雪純坐在傑森旁邊，認真地聆聽他們交談。小盧指著施雪純說，你看這女人邪勁多大，我相信她來澳洲也不是報著善意，而是被惡驅使的，哈哈！小盧滿面紅光，喝醉了一般說，我有個主意，人們為了存活會漸漸進入社會化的軟弱，在漫長的規矩框架裡漸漸等死，但今天的party上，我們不妨做個剝去虛偽凸顯本質的遊戲，檢測一回人性的惡。

　　小盧亢奮地揮手對全場說，諸位在這屋裡的，誰離門近，把門關上！

　　靠門的人站起關了門，小盧說，我們做個遊戲，房間裡所有人從現在起，遊戲結束前不許出去。又對胖鬍子說，誰想沖出去你就捅死他，說完抽匕首丟給胖鬍子。另一個高個打手見勢也掏槍堵在門口，人們面面相覷。

　　莎莎起身說盧哥你幹嘛，小盧按住她推到門邊說，莎莎不能有事，有人點了她，把她送到前門邊的屋裡。胖鬍子揪著莎莎出去，高個拿槍堵上了門。小盧說，遊戲是我突然想到的，源於和這香港佬的對話，遊戲參賽者要從屋裡選出一個人，十分鐘內成功殺死對方，心臟不跳呼吸也停止就算殺死了，殺死後可以從我這兒領取兩百萬人民幣獎金，當場轉款，被殺者也可以反抗，殺了參賽者，錢就歸他了，——多刺激！

　　沒人吭聲，小盧的笑聲像夜梟呼嘯，笑罷說，如果參賽者十分鐘內沒有殺死選出的人，也沒被對方殺死，則沒人拿到錢，參賽者要留下右手。沒人報名，我就自動成為參賽者，親自挑出一人並殺死他。

　　張揚脊背如同放了條蛇一般冷。小盧左右環顧，慢悠悠地說，在這房子裡處理掉一具屍體，有很多方法，參賽者不用擔

心，不會有法律問題。參賽者可以任意選人，但不能選我或這人。他指指拿槍守門的高個，誰願做參賽者，舉手！

屋裡人像經過一輪機槍掃射後的倖存者，驚駭無助地等著下一輪殺戮。突然一個沙啞的聲音說，我來！眾人一驚，循聲望去，是語言學校張揚同班的叫馬梧的北京小子，圓臉胖乎乎戴著眼鏡，連鬢胡刮得只剩一抹青黑，啞著聲音說，盧哥我參加，小盧直勾勾注視著馬梧說，好，選人！

在場人有的埋頭，有的勇敢地看著馬梧，彷彿這樣就能逃過危難。馬梧猶豫地環視，對一人晃了晃手，你吧。

張揚大驚，傑森也已跳起了，然而門邊砰一聲槍響，桌上杯子裂了，人們捂耳尖叫，杯子碎片彈到傑森身上，小盧說，誰再起來，子彈直接射身上！

眾人不敢動，小盧說，你真會選，也許這樣就幫我擺脫麻煩了。他推搡馬梧說開始計時了，用手機按下了碼錶。

馬梧從沙發上抓出的竟是施雪純。施雪純紫色裙擺從沙發邊飄起又垂下。張揚心一沉，見傑森的喉結上下起伏著，施雪純已站在屋中間，小盧甩出一把刀給馬梧，馬梧踉蹌接了，小盧撈了把椅子坐下。

馬梧僵硬地從後面抱住了施雪純，施雪純痛苦地呀一聲，閉上了眼。傑森手在沙發上攥得很緊，沙發那一處劇烈地搖晃，張揚小聲說，別衝動，會有辦法，讓我想想，傑森卻沉沉地說，不關你事，你保重罷。張揚心就咯噔一沉，去抓傑森的手，那手卻像鋼鐵一樣堅硬。

突然響起劇烈的嚎叫，我幹不了呀！

一聲叫罷，哐啷刀掉了，施雪純捂住脖子，馬梧坐在地上

掩面抓頭，小盧瘋癲一般笑得前仰後翻說，太逗了！還有——七分鐘，還來得急，不過你沒膽，你右手折定了，以後寫論文要一隻手敲鍵盤了。

馬梧說，盧哥，可以換人嗎，你訂規則沒說不能換人。小盧眉骨挑起得意地說，當然可以，馬梧忙說那我殺我自己，我也是人，殺了也算數的。

眾人又一怔。

嘈雜聲起，小盧攤了攤手說，可以，不過我給的可不是冥幣，死人花不了。馬梧卻說，我父母因車禍去世早，我有個妹妹，盧哥，我把銀行卡號發你，卡我妹妹拿著的，我跟她說一聲。於是掏手機發了卡號，微信語音說，過會兒哥卡裡有兩百萬，你省著花，別問原因，好好活著。又問小盧還有多長時間？小盧說五分鐘，馬梧說，盧哥，我死後你要轉錢。小盧說放心，兩百萬對我來說是半根汗毛，問題在於你敢不敢死。

馬梧便脫下外套撩起衣服，露出一身黑乎乎的毛，面孔擠在一起像極其痛苦，一手抓起地上的刀，摸索著伸到左胸口，刻字似的慢慢往下插，眾人都捂住嘴，眼見胸口刀尖處黑黑的液體在幽暗的光線中溢出，馬梧嘴裡發出顫抖的「噫」「噫」，像從牙根擠出的，忽又張大嘴，睜開了眼像在休息，手捏刀柄沒再往裡進，這樣停了二十秒，又擠住五官，手與全身一齊哆嗦著，刀繼續往裡進。

屋子像結了冰，人們像集體被卡住喉嚨，音樂還在哇啦地唱著韓國舞曲worth it，聲音卻像很恐怖。突然，馬梧的刀被小盧抓住，小盧說，夠了。

馬梧向前栽倒，捂著胸口摔在地上。小盧說大力，帶他去

休息室包紮。又蹲下對馬梧說，錢我照樣付你，你從此是我的人了，幫我辦事，答不答應？

　　馬梧抬起頭，螢幕前的臉十分蒼白。小盧說，你若答應我現在就給你錢，馬梧虛弱地說答應，小盧對著手機按了一會兒，把手機伸向馬梧，馬梧忽而跪下對小盧咚咚磕起了頭，門口黑臉高個子像很不情願，過來攙起馬梧，小盧說，大力慢點，別讓他死了，我可花了兩百萬買的。大力說知道了盧哥，遂攙馬梧出去了。

　　幾樁事在極短時間內像風一般掠過，人們魂魄未定，小盧已恢復了自如的談笑，他說嚇著你們了吧？從一開始我就沒打算幹到底，你們是我的朋友，何況百廢待興，正待用人，馬梧雖不敢殺人，卻也有可取之處。

　　小盧出去，屋裡人恢復了談吐，人來人往的又開始跳舞，不斷有男女蹭在一起，像發情的公狗母狗，焦灼地纏繞彼此，蹭一會兒男的就牽起女的去了廁所，廁所一排隔間，不時從某處傳出摀著的呼吸聲，和向四面木板撞擊的輕微聲。張揚去了幾次，眼見紙簍用過丟棄的避孕套在增多。後半夜人們逐漸離場，小盧沒再進來，張揚看准了時機，和傑森施雪純出了房間，廊頂慘黃的燈孤獨地照著棕紅的地毯，地毯張開血腥的嘴吸走了大部分光，三人沿暗黃的牆壁走到盡頭，拉開了前門。

　　冷風迎面，滿眼星辰，像數不清的螢火蟲織成的網。張揚大學時一次跟朋友去郴州的老家，在田野見過螢火蟲，夏夜鄉下田裡沒路燈，漆黑的夜像粘稠的液體摻著燥熱裹著他們，黃綠的碎點在腳下徘徊，張揚俯身抓一隻，螢火幽微，夜卻因此有了立體感，放眼四合，由近及遠盡是微小的螢光。此刻張揚對著澳洲空曠的星空想起往事，從混亂的音響中出來，頓時雙眼明亮，神思清明。

　　遠處是大門，他們走幾步卻聽見一聲急促而歇斯底里的

尖叫，三人回頭，前門邊窗戶亮著，窗簾一角的空隙有劇烈移動，三人交換眼神，朝窗臺走去。

張揚屏住呼吸，面對屋裡的情狀，驚得險些摔倒，站穩再看時，眼花撩亂雙腿發軟，桌上赫然躺著一個全裸女人，兔耳還在頭上，張著腿被兩個穿黑睡袍的男人拿東西鑽她的下體，張揚搖晃身子扶住牆，認得是酒瓶，窗下沙發上坐著幾個男人，赤裸著下身，張揚看見一個個黑黑的雞巴覺得噁心，兔耳莎莎齜牙咧嘴地像在做不打麻藥的手術，痛苦地喊，放了我吧，疼！一人笑呵呵地把莎莎的嘴掰大，把雞巴往裡填，好容易填進去，手在雞巴根部揉，莎莎想擺脫，被那人打了兩下不動了。胖鬍子大力和小盧都在，小盧衣衫整齊地在窗口下和一人坐著說話，那人光著兩腿躬身從桌上取煙，傑森看見他的模樣，說，這是那晚香港集會的演講人！

張揚驚訝，湊近窗口，聽小盧說，鐵項，你到處講話才掙多少，出場費有這麼多沒？說罷掏出兩遝澳元，油綠的全是一百的。鐵項望著錢出神。小盧繼續說，我們要全力查閱叛徒的行蹤，把他可能的落腳點摸清，香港人聚集那晚，我在南郊差點兒抓住他，卻被他跑了，不能再讓他胡說下去了，再這樣不僅國家，連我家都有危險了，你調度資源細緻查訪，記著這回你傍上的可是國家，比那些民主小混混靠譜得多，如果情報有價值，日後咱們可以深入合作。

鐵項接了澳元，抓起一件呢子大衣塞進衣兜裡。

傑森氣不打一處冒，似按捺不住要破窗而入，張揚忙推他一下，指指屋角握槍的大力。傑森發現施雪純正拿手機對著窗戶拍，傑森輕問，全拍下了？施雪純柔聲說拍下了。

又一聲慘叫，莎莎被揪著跪在桌上，兩個男人用夾子夾她乳頭，另一人從後挺起雞巴向她身上搗，她哭喊說進錯地方了，那人卻說我就是要進這裡，著魔似地加大力氣。

傑森發一聲喊，縱身衝破窗戶躍入，張揚忙跟著跳入。傑森飛身後踢，把演講者鐵項踢進沙發裡，鐵項嗷一聲叫，沙發撲通撞在後牆被頂回，眾人方清醒，大力一槍射出，沒打到傑森卻險些射到小盧，驚慌收槍，徒手戰傑森，卻被撲上的張揚踢翻，傑森趁機抱起莎莎，隨便抓起大衣披在她身上奪門而出，張揚也沖出走廊，匯合窗下的施雪純，大力胖鬍子追來，四人已沖出院子。

清晨的曙光從天邊劃開沉寂，濃雲展示著聯翩的英姿，猛獸般威風地長排趴在天邊，紅霞從雲的邊緣散射開。四人跑了許久，出了迷魂陣一般的社區，來到大路，不敢停留，邊跑傑森邊用手機約計程車。

車來了，莎莎和張揚施雪純坐後座，傑森坐前面，施雪純抱著莎莎，問她住哪，莎莎說不敢回去，送我去我信得過的朋友那兒，在沃克維爾區。的士便朝那裡開去。

莎莎身上透骨的香氣像迷幻的氣息籠罩著張揚，張揚困乏，硬撐著眼皮，雞巴卻忍不住抬頭。莎莎眼瞼有碎金般的粉末，臉上被淚劃出的痕跡衝垮了脂粉，哀聲說，多虧你們，不然我准死那兒了。

莎莎彷彿因暴露了羞恥，舉止黯然。張揚問，小盧為什麼那樣對你？

莎莎說，我來這裡一年多了，語言課一直通不過，遲遲上不了大學，我和小盧是聚會認識的，他常來找我，每次都帶

著錢，他知道我在國內拍過廣告，讓我陪那些大佬，說如果做的好，日後捧我拍電視劇，我起先不願，一方面怕他，一方面也考慮到錢與機遇，便接受了，哪知他們越玩越大，纏著我不放，錢確實不少，可你們知道嗎，小盧根本不是一般學生，我陪的人裡，國內的官員有，臺灣香港甚至澳洲的政客商人也有，再這樣我肯定會被他們弄死的。說著嗚嗚地哭。

施雪純說，同為女人，我深知你的苦楚，但這段插曲很快就會結束，莎莎說會嗎？施雪純堅定地說會，你待在朋友家少出來，出來記著盯著前後左右，一有不對勁馬上就跑。莎莎婆娑著淚眼點頭。

施雪純問，你聽說過紅姐沒？莎莎說，隱約聽說過，是人販子嗎？施雪純說是，咱倆互留個電話，你聽到有關紅姐的消息，記著告訴我。莎莎遂應允了。

到沃克維爾的瓦立克街，莎莎下車，臨走對張揚說，謝謝你的論文，我總算能升大學了。張揚忙說沒事，我幫很多人寫過。說完又覺得不妥。莎莎像看出了張揚的心思，深深望了他一眼說，保重。然後裹緊衣服，邁著兩條纖長的光腿，走向一棟房子。天上的幽藍已然隱去，天已大亮。

　　司機問去哪，施雪純說你們餓不餓，去Hungry Jack吃漢堡吧，司機說市區東郊普爾特尼街有一家，施雪純說可以，我正好從那兒坐公車回去。到Hungry Jack點了套餐，傑森大著膽子坐在施雪純身旁，拉起她的手，她默默地讓傑森握著，張揚很不自在，他仍記著那晚他抱施雪純的事，施雪純卻像已毫不在意，或全忘了，她突然問，你們說，恨與愛是不是同一回事？

　　張揚不耐煩地問，你又想說什麼？

　　施雪純說，有些事想忘掉非常困難，越痛苦越難，彷彿忘了人就空了，沒有記憶了，像沒活過一樣，而且老覺得不該發生在自己身上，老惦記著屈辱。

　　施雪純掙脫了傑森握她的手，用手比劃著說，你們有沒有這類感受？

　　張揚問，你是說小盧？你倆到底有什麼？

　　施雪純肩頭一顫，傑森擔憂地說，你等會兒回去要睡覺的，別喝太多可樂。施雪純卻說，我經常睡不著，晚上一躺四五個小時，從十二點摟著被子能翻到早晨五點。傑森聽了，又想伸手，卻像不知道該碰她哪兒，挺直腰板長長地出著氣。

　　施雪純痛苦地看傑森一眼，立志似的說，必須擺脫這些魔影，不能再拖了。她玩弄著桌上一張紙，竟折成一隻紙鶴，張揚忍著莫名的反感說，唔，真厲害，竟能疊成鶴。

施雪純這才像發覺了，面色抽搐，嘴角生硬地顫動著，手擦著潮紅的雙眼，傑森抱住她後背，想掰過她的身子，她破涕為笑說，沒事，我又想起以前了。她擤了擤鼻子說，那時我每天等他來，房間那麼小，他把我反鎖在屋裡，冰箱倒是放了不少吃的，他知道我會做飯，每次都帶著一周的東西來，有時是讓人送來，我每天都以為他下頓飯就會來了，做好兩人的飯等他，飯涼了他卻沒來。

施雪純淚眼瑩瑩地盯著桌面說，他把我手機收走了，不讓我跟外界聯繫，他幾乎是我唯一能見到的人，我父母不知道我在哪，他那麼粗暴地對我，可是越這樣我越難過，也越難拔除他的影子，但是——，施雪純擦著眼睛邊哭邊說，他一周只來一兩次，來了就虐待我，我像個傻子一樣，還以為他在乎我才那樣對我的，以為那是渴念，是急切，還儘量配合他——，傑森胡薅地站起，原地走一圈，捶著前額摀住臉。空氣像要裂開了。張揚既羞又惱，忍無可忍地拍著桌子說，你說的我們一點也不懂，有什麼解不開的疑惑，我們可以幫你，但不能這麼折磨人，特別你知道他——張揚指指傑森，緊張地說，你更不能，這樣只讓他和我心煩意亂，別賣關子，要說便直說。

張揚彷彿替傑森鳴不平，但實際上他自己也被施雪純弄得透不過氣。

施雪純已恢復了平靜，傑森說，還餓不餓，不夠我再給你們買。

施雪純吃了一個巨無霸一袋薯條，張揚猜她一定餓壞了。

施雪純說，說真的，能認識你倆真好，張揚問為什麼，施雪純說，別問為什麼了，很多事我要是知道為什麼，早就不會

到今天的地步了，有時我覺得知道了，後來卻發現什麼都不知道。你們看，外面多寧靜。

窗外滿地陽光，對面是綠色的草壇，一株巨大的美洲樸樹站在碧草中，路邊有穿校服背書包的學生，有推小孩車胖得像海獺但臉上的笑像陽光一般的婦女。施雪純說，我的生活要也這樣寧靜該多好，看似簡單，但太難了。

傑森在她身旁說，你一定會的，就像現在我坐在你面前，既慚愧又——幸福，你可能不理解——，施雪純打斷他說，我理解，我也幸福過。

傑森說，但是，我——施雪純捂上傑森的嘴，別一次說完，留著下次。

傑森窘迫地說，對了，剛才那一幕你不是拍了，能不能發我，鐵項是危險人物，我有必要告訴朋友，施雪純就把視頻發給了傑森。傑森發送給小宋，只截取了鐵項露臉的那段，張揚問為何不全發，傑森說這裡有莎莎的隱私，況且還搞不清情況時，洩露出去了怕他們以後做得更隱蔽，時機成熟再說。

三人又坐一會兒，施雪純辭別傑森張揚，搭公車走了。

張揚和傑森沿著高齊街往西走，張揚困乏，頭重腳輕地踩著自己的影子，白雲絲絲縷縷點綴著藍得透明的天空，紅膠木每片樹葉都纏著一片陽光，迷夢似的碎斑散落在地，閃著張揚的眼角。傑森像還在癔症，一路無言。

張揚小心地問，施雪純好像對你沒那意思，傑森說我看出來了，張揚問，你打算怎麼辦，傑森帶著似有似無的哀傷說，她很痛苦，但她不想說，我也不好問，雖然難過，但只好這樣，只能在她讓我幫忙時，儘量幫她。

張揚像被夯了一下，問，你受得了？傑森平靜地說，不是受得了或受不了，而是必須這樣，知道這一層，心就坦然了，我禱告時問過上帝，我能感到我這樣做是被賜予了力量的，是源於上帝而不是源於欲望的。

張揚說，你總說上帝，但萬一你覺得是上帝的想法，其實是你自己的呢？難道真有上帝？

傑森說，你看這些碧綠的草坪，平整的馬路，路上的車輛，你擺脫語言的束縛用心去看，人們說世上所有的路都連在一起，澳洲雖是孤島，但全澳的路也連在一起，是許多人協力建造的。人看似孤獨，無法溢出自己的身體，但成千上萬個孤獨的中心卻能聯合得完好，造出秩序來，難道是基於偶然嗎？是物質界純粹無意識的進化湊巧趕上地球的大氣宇宙的天體的和諧，由分子原子撞擊演變產生有機物直至人類，直到今天成為有思維有能力有細膩情感的現代人並創造了一切嗎？

張揚也很迷茫，說，問的有道理，我也想過，如果一切按進化論所說，就沒有什麼永恆了，只有冰冷的物質才永恆。我們追求的一切就都是虛偽的了，什麼愛情、理想、道德，全都會隨人類的滅亡而失去意義了。人類真會像科學家說的，幾十億年後全部滅亡嗎？就算人類不滅亡，個體的死亡如果是徹底的毀滅，那每個個體追求的價值還有何意義？我不願相信自己是物質湊巧聚在一起過後又會打散，就像沒存在過似的，處在我自身的角度，這一想法多不真切啊！但如果真是上帝創造了一切，同樣有矛盾，比如上帝對人類究竟持何態度？人在最痛苦和恐怖的時刻向它祈禱，它卻根本沒有降臨。

傑森說，上帝的想法人類無法知道。張揚說，這是你們基

督徒打圓場的空話，為何上帝創造美好又創造邪惡？而且即便世界是上帝造的，依然沒法解釋人的靈魂是否永恆，也沒法解釋人的追求到底是真實還是自欺。

張揚一夜沒睡，頭暈目眩。傑森說，沒想到你會想這麼多，這至少說明你有強烈的靠近真理的願望，我無法解答這些疑問，但我堅信上帝造了一切，信與不信之間有一道鴻溝，凡是與這鴻溝有關的，我們沒法達成一致，我希望你用心體會，也許有一天你能跨過鴻溝，那樣你就能感到我所感到的了。

張揚說，真那樣我倒幸福了，我看過《聖經》，我是把它當好書看的，裡面有讓人共鳴的東西，我也嘗試過禱告，禱告完確實神清氣爽，但要我盲目地相信恐怕不可能，我很羨慕你，也羨慕你對她的愛。

傑森胡說，你呢，你跟妻子怎樣？

張揚垂頭喪氣地說，不說她吧。

傑森說，好好愛你妻子吧。

張揚說，我們都是在南方上學的北方人，大一開始接觸，大二正式談起戀愛，到現在已經認識六年了，她還是每天打電話，像沒和我說過話似的。傑森說，這正是她愛你的表現。張揚說，每天四個小時語言課下來，英語思維的密度很大，很累，她一下班就發視頻來，一說話就拌嘴，她惱怒地掛斷，見我不打回去，又打過來說我不在乎她，我心情很糟，要抵抗好一會兒才能安心寫論文。你什麼時候去悉尼？

傑森說下周走。張揚沮喪地說，你走了，我更沒人說話了。走到湯瑪斯街，路邊有座教堂，院子裡的桌上擺著宣傳頁，傑森說，我忘了今天周日，這是我常來的華人教會，有幾

次周日想喊你來，你沒在家。

張揚說我周日一般在圖書館寫論文，這邊語言課沒考試，除了演講全是論文，在國內我只在大四寫過一次論文，在網上瞎找了些題目整段地抄下，捏在一起就是一篇，有兩道題還抄重了，且不是抄自同一篇，這說明它們也是互抄的，湊合著竟通過了答辯。這裡的要求卻嚴，還有專門檢測抄襲的軟體。

傑森說，你如果不困，我們去教會逛一圈吧？張揚想說困，但不好拂違傑森，況且他還從未去過教會。

院中鋪著細沙，一個穿黑衣的方額男人對傑森招手，傑森說，這是張揚，大陸的留學生，沐主恩賜，我把他帶到了你面前。這人笑起一臉的皺紋，握起張揚的手說，歡迎你來到主的門下，我是劉牧師。張揚窘迫地說，我不是基督徒，劉牧師說沒關係，你能來仰慕主，說明主的召喚感應了你。進去吧。

張揚隨傑森和劉牧師進了教堂。他只在香港槍戰片裡見過教堂。屋子的宏偉震懾了他，房頂很高，光線透過玻璃窗從不同角度射進來，雖沒開燈卻十分明亮。劉牧師上臺講《聖經》，傑森遞給張揚一本，眾人禱告，張揚學著交疊雙手閉上眼，有人在臺上彈鋼琴，琴聲在寧靜的陽光下流淌進張揚的身體，然後換了個演講者繼續禱告，像一輪輪海波沖刷著張揚的靈魂。沉甸甸的重負被不斷卸下，像召回了某種久遠的心態，復甦了生命原初的形狀。

活動結束，張揚傑森與劉牧師坐到桌旁，劉牧師對傑森說，替你朋友做一次禱告吧。傑森與張揚將額角頂在手背上，傑森說，蒙主恩賜，我認識了兄弟張揚，他生長在大陸閉塞的地方，那裡道義受磨難，正義遭鄙薄，善良的民眾被欺騙，甘

心為邪惡之路增瓦添石，張揚在那樣的地方孑然一身，保持著純摯，如今受你的召喚，來到了澳大利亞，通過我來到了你忠誠的教會，主呀，我是你的孩子，是充滿罪孽但不斷向你靠近的傑森，我把兄弟帶來了這裡，他對你仍有懷疑，但這正是我們的軟弱和局限，張揚從未停止過對你創造的一切的思考，希望主看到張揚真誠的掙扎，溫暖他孤獨的靈魂，希望你將聖靈向他展現，啟開他內心神聖的門，讓他看到你無邊的愛與無上的崇高，希望你幫助張揚，他在澳洲沒什麼朋友，初次來這兒很不適應，人性的弱點使他時時陷入環境的糾紛，主呀，希望你賜給他力量渡過難關，賜給他智慧看清真相，賜給他勇氣戰勝邪惡，主呀，我要去悉尼，沒法經常陪伴我的兄弟了，望你在他未來的路上照拂他，他結婚了卻和妻子分居，希望你讓他在愛與婚姻的路上擺脫魔鬼的誘惑，希望你賜給他長久的安寧，在此為張揚兄弟祈禱，奉主耶穌基督之名，阿門。張揚也輕喚一聲阿門，睜開了眼，傑森分明看見了張揚臉上的兩行淚。

　　傑森去了悉尼，張揚和蘇薇之間最後一座緩衝的橋樑被拆斷了。開學了，張揚在莫松湖校區上課，距市區五十分鐘車程，他想暫住青旅，抽時間去校區附近找房子。臨走，他把臥室收拾乾淨，拎著行李來到飯廳，漢克在收拾廚房，張揚請他查房退押金，漢克卻說蘇薇身體不適，你先走吧，張揚說那你查吧，漢克卻說這是蘇薇的房子，我說了不算，蘇薇恢復了再說，張揚說你們還拿著我兩百押金，查房後退我，漢克擦著灶台冷漠地說，你把銀行卡號發給蘇薇，讓她改天轉給你。張揚執意退房結算，漢克卻執意改天。張揚拎著行李走到蘇薇臥室推開門，蘇薇躺在床上，蒼白的臉像一團揉皺的紙，彷彿很痛苦，見了張揚，哆嗦著要爬起，張揚有些不忍了，漢克跑來喊道，你幹什麼？張揚說，我問問押金的事，漢克卻沖進屋說，親愛的你躺下。扶蘇薇躺下了。張揚無奈地說，行，我把卡號發你。他心裡嘀咕，卻沒再爭論，拎著箱子出了院子。漢克頗為生氣，攆到門口仍不依不饒地罵張揚，Piss off！

　　張揚沒拿回押金，被轟出來，凄涼地來到了布魯加拉青旅，前臺是胖得像棕球的南亞女人，辦理入住，睡在了八人間的上鋪。過幾天，他給蘇薇打電話要押金，蘇薇似已恢復，卻說你臥室地毯上粘了一粒米，我們要找人清潔，張揚說，那你把清潔剩下的錢退我，蘇薇卻掛斷，再打就不接了。張揚既恨

又落寞，但不願再見蘇薇和漢克的嘴臉，也不願再惹事，硬咽下了這口氣。想起語言學校時，馬梧說過中國人的房子更不能租，他們專欺負中國人，押金扣得更狠，就不想租房了，打算長住青旅。

張揚在語言學校裡，除了小盧，只跟馬梧說話比較多，但馬梧整了那麼一出，嚇壞所有人，而且巴結上了小盧，張揚很孤獨，想喊他喝酒，卻也有些猶豫。但又想，阿德萊德鳥蛋大的地方，小盧知道我在南澳大學讀教育，真想找我我也躲不過，不如主動找馬梧探探風。於是在開學前某個傍晚約馬梧去了唐人街南門外的蜀川天府飯店。

馬梧開著迷你寶馬來了，一來就說，這車才兩萬澳幣，比在國內便宜幾十萬，二手車更是只要幾百澳幣。張揚問為什麼國內車那麼貴，馬梧說關稅唄，全交稅了。

張揚問，那天你為什麼要殺那女孩兒？張揚想說施雪純，忍住沒提她名字。馬梧說我急昏頭了，我妹妹得了腎衰竭，要換腎，我父親原是國企領導，他們收了企業贊助，只有二十萬，當作了科室的日常開銷，卻因上頭換了班子，為整他們而抓住了這把柄，一把手直接判了刑，我爸雖沒進去，卻也被開除了公職，待在家很落寞，去年一次開車不小心就撞了車，和我媽雙雙西去了。我那時已來澳洲，家裡只剩下一套房子和我妹妹，妹妹在國內讀大一，我唯一的希望是把妹妹的病治好，我那幫親戚不靠譜，我爸媽去世時他們還打過我家房子的主意的。

二人點了夫妻肺片水煮魚和兩瓶漢尼肯啤酒。馬梧長飲一口，張揚勸道，你妹妹會好起來的，小盧不是給錢了？馬梧

說，我正在給妹妹找腎源，找到就能手術了。

張揚見縫插針地問，小盧最近忙什麼？馬梧說，他也很愁，北京的閔叛徒逃到澳洲，小盧正急著找他，有些機密被他抖出去小盧家會倒楣的，但遲遲找不到，給線人的兩萬也丟了，正在牽扯不清，線人不想做了，被小盧連勸帶嚇穩住了。

張揚想到那晚救莎莎的一幕，彷彿有關聯，又問，小盧有沒有提我？馬梧搖頭說，他自顧都不暇了，但你最好別再管閒事，這幫人不好惹，我因為妹妹的緣故，已經搭進去了，不然也不會跟他打交道。

餐館的菜與國內的味道一樣，卻又很不同，馬梧說是因為不用地溝油，做法雖一樣，卻比國內的新鮮。張揚說，你打工沒有？馬梧說，我在唐人街的新疆餐館刷盤子，一週四個晚上，一個小時才十澳元，在國內做個家教一小時都不止這點錢。

張揚也感歎，今年二十六歲了，日子過的不成日子，說是為了綠卡，卻很迷茫，不知道綠卡意味著什麼。他問，有綠卡就不像現在了？

馬梧說當然，有綠卡就能找更好的工作了，澳洲法定最低工資是時薪二十三澳元，餐館給那麼少其實都是違法。啤酒不夠，二人又叫了些，每人喝了四五瓶。

張揚腳底綿軟，沿威廉王子街走著，路燈在淒涼的靜夜整齊地站立，每一盞像一個夢幻般的許諾。冷風驅趕張揚臉上的醉意，街邊地上躺著土著人，蓋著破毯子，有全家帶著小孩的，一個面龐寬大的土著胖女人，伸著黑黑的手喊，有一塊錢嗎，一塊錢？張揚給了她一個硬幣。一個肥胖的老頭被長瘋的

鬍子遮住半個臉，披著中國常見的軍綠棉大衣，坐在青旅樓下的箱子上，靠牆合眼睡著，張揚記得香港人遊行那晚他就在這兒坐著睡的。

回到青旅，看到公告欄上的招工資訊，全在離城很遠的農莊，沒有公共交通，張揚沒車去不了。時間仍早，張揚坐到陽臺上，樸茜發來視頻電話，張揚心緒煩亂，勉強接了。

樸茜問他在哪，他說不住蘇薇家了，住青旅了。樸茜問為什麼不住了，張揚想起被扣押金的事，心中哀傷，不願再說。樸茜見問不出話，又見陽臺周邊有人喝酒，就氣惱地說，你從來不主動聯繫我，一說話就不耐煩，你是有人了嗎？有了就直說。

張揚對著鏡頭說，本來坐著就冷，聽了你的話更冷。

樸茜說，你以前不這樣的，得到我就不珍惜了。張揚說，你到底要什麼，樸茜說，我要你愛我。張揚說我怎麼不愛你了，樸茜說，可你表現得卻像根本不愛。張揚氣衝衝地說，你就知道索取，你又愛我什麼，樸茜說，我不愛你會守著你家，守著你父母嗎？張揚說，這不是任何家的女人都該做的嗎？樸茜說，現在的女人誰還這樣，換了別人你結婚沒兩年就出國，人家早不跟你了。張揚無奈而激動，好，這就是你的愛。

靠欄杆的座位上有兩人喝酒，一人對張揚招招手，張揚也招手，妻子說，跟誰打招呼呢？張揚說我不認識，妻子說讓我看看，張揚就轉過鏡頭給她看，妻子彷彿放心了，說，那人長的挺帥，張揚說，你這麼說有意思？妻子說，我是看你在不在乎我。

張揚一言不吭，似乎只等妻子掛斷，妻子卻不掛，繼續

說，我跟你媽吵架了，下午我不舒服沒上班，你媽回來卻說不上班也不做飯，就會張嘴吃，我說我又不是保姆，嫁到你家就是做飯的，你媽看了我幾眼，沒再吭。吃飯時他們喊我，我推說不舒服，插著門在屋裡一直呆到現在，喂，你咋沒反應，你是石頭嗎？

張揚看看天，又往旁邊看了看，重新對住鏡頭。

樸茜說，我不想在家裡了，你接我走吧。張揚說，你來了住青旅，去餐館當服務員，你願意？樸茜問那是為啥，張揚說，留學生幾乎全在做體力工，根本找不到別的事做，有的話也輪不到我們。樸茜歎氣，兩人沒話說了，張揚說，我去睡了，樸茜對著鏡頭輕嗯了一聲。

第二章

1

　　樸茜躺著半晌沒動。窗外是對面的樓，一扇扇窗子亮著，裡面的人做著五花八門的動作，熱熱鬧鬧的，更襯托她的小臥室死一般寂靜。光線在黑暗的屋子裡床對面牆上塗抹著淡黃的色彩，像絢麗的晚霞的光影，照著她和張揚的結婚照。

　　樸茜想結束這種生活，過另一種生活，但那種生活長什麼樣子，如何實現，她搞不清楚，只是硬往前熬著。廳裡的電視響，樸茜想去廁所尿一泡，公公婆婆在客廳裡，她寧願憋著。百無聊賴地打開手機，現在流行抖音，瞎翻了一會兒，跟著傻樂一陣，眼累，心裡莫名的空虛。想看一會兒電視劇，打開《慶餘年》卻入不了劇情，心累。

　　客廳電視沒聲了，估計他們回屋了。他們年紀大了，每天不到九點就鑽被窩了。樸茜爬起去廁所，長長地尿一泡，去廚房扒拉了些剩飯，站在灶邊悄聲吃了，剛回臥室，一起學瑜伽的蓉蓉就打來電話說，我們正打麻將，張曉也在，少個人，你來吧。樸茜說我不會玩，大學時女生在寢室玩炸金花，我都從沒有參與過的，更別說麻將了。蓉蓉說，規則很簡單，你來幫忙頂一下，輸了算我贏了算你的。

　　樸茜雖不會玩麻將，但坐牢一樣關了整整一下午和晚上了。電話那邊換了張曉的聲音，張曉說，茜兒來待會兒吧，反正你老公走了，你守在家有啥意思。

這話正說中了樸茜心坎，樸茜說行吧。她爬起來抹了面霜打了粉底，對著鏡子左轉右轉幾圈，悄聲下了樓。騎著白色小電動車來到玉峰裡社區某棟的底樓，陽臺外有小院子，樸茜鎖上車，從陽臺窗子望進去，屋裡煙霧騰騰如仙氣繚繞，進院子推開陽臺的門，卻嗆得直咳嗽。

蓉蓉招手，樸茜繞開吆三呼四的出牌聲走近了，那桌除了蓉蓉和張曉，還有個五十多的脖上掛金鏈手腕帶金鐲的黃毛短髮女人，一臉擁擠的肉，聚精會神地在看牌，另有個長髮白短袖的女人，彷彿是老闆，見樸茜來了，站起來說，我招呼客人去。讓樸茜坐她的位置。

張曉介紹了規則，樸茜不熟悉，連輸五千多，樸茜怕了，說她沒帶錢，蓉蓉叼著煙的嘴角抖出一句，慌毛線，說了輸的算我。

老闆來了，在蓉蓉耳邊悄聲說有個客人在裡面，蓉蓉說打完這把就去，老闆說我替你，不然客人急了，蓉蓉便去了。老闆替她打了半局，蓉蓉回來，塞給老闆幾張百元，坐下繼續玩。過一會兒老闆又來，說有個客人該是挺有錢，蓉蓉又離座了。

樸茜扭頭，見蓉蓉坐在一個臉和胳膊比紅薯還紅的壯男人旁邊，眯著眼摟著他，很快倆人站起，到屋子盡頭的小隔間關上門，樸茜心砰砰地跳。

約莫十分鐘，蓉蓉叼著煙悠閒地回來，把厚厚一摞錢啪地摔在桌上，脆生生像撞在樸茜的心口。蓉蓉說，搞定。老闆又來抽走了幾張。張曉搖頭哂笑著。老闆咂著嘴說，還是小蓉行。

穿金戴銀的老女人問樸茜做什麼的，張曉說人家老公厲害，在澳大利亞呢，估計快移民了。老女人眼睛就像脖上的金鏈一樣閃起光，不停地跟樸茜說話，問澳大利亞的情況，問如何移民，樸茜支吾著說不清，一整晚，她輸給這戴金子的老女人一萬多，都是蓉蓉給的，蓉蓉還挺高興，跟賺了錢似的。

十二點多走的，蓉蓉家離這兒不遠，張曉有車卻沒開，打車來的，樸茜溜著電動車，陪二人走了一會兒。三個靚女走夜路，夜行的男人紛紛伸脖子看，有個騎車的差點撞上拐彎的汽車，蓉蓉咧嘴人笑著說，這幫傻逼，撞死不虧！她問樸茜，你老公現在咋樣？

樸茜說，他不太理我，出國了也不打電話，都是我給他打。

蓉蓉說，男的都賤，晾著別理他，他就理你了，不理拉倒，反正他不在國內，你愛怎麼玩他知道？樸茜笑笑沒接她話。蓉蓉比樸茜大兩歲，在超市做過收銀，商場當過前臺，每次做不了幾天就辭職，後來乾脆遊手好閒，終日逛街打牌。

蓉蓉說，我們家那口子別看老實，在醫院值班掙個死工資，卻也被我抓到過一次，前頭漢江路有一堆足療，其實根本不療足，全是打飛機的，女人不夠時，有時叫我去跑鐘，都是脫一半褲子，用手擼出來，一次正好碰見我老公去了，他一看見我就嚇得趕緊竄了，張曉問，怎麼還趕緊竄了，他沒怪你在那種地方幹？蓉蓉說，他哪敢，回去我只說去找閨蜜聊天的，讓他脫光了衣服用皮帶抽他。

張曉似乎很看不起蓉蓉，說你至於嗎，你不是也到處整。

蓉蓉眉毛一豎，說，當然至於，這跟我整不整沒關係，而是不能慣著他，該收拾時，做樣子也得收拾，不然得寸就會進

尺，何況兔子還不吃窩邊草呢，去也不去個離家遠的。

張曉笑著說，你不也在家門口幹的。蓉蓉說，我行他卻不行。不過我家那口子平時還算聽話，他值夜班時較多，晚上沒法管我，也從來不查我手機。

三人說著拐進漢江路，樸茜覺得好奇，盯著那些足療的鋪面，卻看不出瓜葛。蓉蓉問張曉，你家大郎咋樣，張曉說，我還在跟他戰鬥著，樸茜好奇地問，怎麼戰鬥，蓉蓉插嘴道，那可要張曉好好給你講講，我到家了，改天咱再玩，說罷拐進了路邊的迎秋裡社區。

樸茜騎電動車載著張曉，張曉說，蓉蓉太浪了，她老公老實巴交弄不住她，她交過一個情人，帶著人家吸毒，那人越吸癮越大，有一次在KTV吸被抓了，判了四年，前一陣才出來的，我勸她別再找人家，她不聽，又去禍害人了，她到處當雞賺錢，剛才牌室的老闆給她拉的客人，不知道被她灌了什麼迷魂藥，一次竟給了她一萬，她打牌從不怕輸的，因為牌場恰是她和老闆合夥賣逼的地方。

樸茜像聽天方夜譚，覺得和這些人雖近在咫尺，卻像那麼遙遠，完全不像生活在同一個天空下。怎麼還有這樣活著的人？樸茜不解，問，你呢，你每天咋過的？

張曉說，我不像蓉蓉，但我也好不到哪裡去，我談了個都市村莊的拆遷戶，是獨生子，父母是小李莊的，拆遷賠了十多套房子，他爸死了，家裡就剩下他和他媽，光他自己名下就九套房，他媽也有九套，十幾個房幾乎全租出去了，成天啥也不幹，光房租一個月五萬多，每天開著車到處閒逛，把秦皇島所有的餐館吃遍了，聽說南戴河新開了個魏家涼皮，開幾十公里

的車跑去吃。

樸茜說，他仨月的房租都夠我老公在國外花兩年了。

張曉說，他人也不算多壞，因為這些條件，從來不缺人介紹物件，但他一直沒把我甩了，我倆認識兩年多了，她媽嫌我屁股小，說屁股小生不了兒子，硬是不同意，他這傻逼卻誰都不聽專聽他媽的，因為怕把他媽得罪了不給他那九套房，樸茜說他家不就他一個嗎，不給他給誰，張曉一錘腿，錘得樸茜的電動車猛一晃，樸茜說你慢點兒，張曉激動地說，要不說他傻逼，不給他死前難道捐給政府不成，他卻想不通，他媽一厲害他就犯慫，跟我遲遲結不成婚，更可氣的是，我帶老家同村的小柳來市里玩，想喊他吃飯，打他手機關機，就想去家裡看他在不在，我不願和他媽照面，就讓小柳去喊他，我在樓下等，一等等半晌，小柳終於下來了，說他不在，我問小柳他不在你咋呆那麼久，小柳吞吐著說不成話，後來我才知道，他確實不在，他媽卻在，一眼看中了小柳的大屁股，彷彿裡面藏了個兒子，當下留在家裡好不親熱，可勁問她與他兒子的關係，這小柳表面憨實，心比蛇蠍，見風使舵就誇這老傻逼的兒子好，就這樣先勾搭上了他媽，他媽攛掇他，他就乖乖地聽話去勾搭小柳了，可卻依然和我來往著，一次他和小柳在樓下吃茄汁面被我抓個正著，我才醒悟過來，那時他正往小柳嘴裡喂番茄湯呢。

樸茜說，老天，這你得多鬱悶。張曉說可不是，我當場傻了，躲在附近看了半晌，最後沖過去一巴掌打翻小柳的碗，潑她一身湯水就走了，但最後我氣不過，又去找他，我本來是去質問他的，是去吐他一臉的，誰知一見他就被他摟住，又親

又道歉，灌迷魂藥似的又跑到他沒租出去的房子搞了一回，到現在還是跟他好著，他死纏爛打，我也一直沒別人，雖然心裡恨，還是會跟他過夜，畢竟兩年了習慣了，他說他不喜歡小柳，只是為結婚。樸茜問，那他們結婚沒，張曉說沒有，小柳根本不會哄男的，但不管怎麼說，他就是個人渣。

樸茜問，那你幹嘛不跟他斷了。

張曉幽幽地說，我也不知為啥，下不了決心似的，我有時也想，是我自己賤，太軟弱，我要真地去逼他，要麼分手要麼結婚，哪怕不惜斷了也不讓他拖著我，說不定反而能成，真不成就拉倒，早分早利索。

樸茜說，你這不挺明白的。

張曉氣急敗壞地說，可我就是太高傲，也太心軟，光坑自己了。樸茜說，這樣的男的，還是徹底甩了好，這麼噁心，你能接受？你想跟他結婚是不是因為他的家產？

張曉默然片刻，說，也不全是，我倆在一起這麼久了，他對我好的時候也真好。

樸茜說，可他跟你的閨蜜都出軌了，這麼不乾不淨的人你還接受？

張曉輕笑一下，有幾個男的不這樣，你老公沒跟你說過，但你就保證他不出軌？他能跟你過就不錯了。

樸茜聽罷心裡慌慌的，不會，張揚應該不會。

但樸茜想起張揚的種種表現，回想一切細節和可能的蛛絲馬跡，大腦就一片混亂。張曉又說，絕對可能。

樸茜彷彿很害怕，不想再聽了，急忙岔開話頭問，也就是說，他只要還願意跟你結婚，你就接受？張曉說，我能睜一

隻眼閉一隻眼，就會睜一隻眼閉一隻眼的，畢竟感情不容易培養，也沒必要跟十八套房子過不去。

樸茜彷彿有許多問題想問張曉，但卻一個也問不出口，不一會兒，到了秦皇社區，張曉下車，把樸茜一個人丟在了暗夜裡。

北半球正是盛夏，夜裡卻涼爽，清風舔著樸茜的裙擺，不斷吹起它來，樸茜兩腿夾緊裙子，在民族路深不見頂的樹蔭下飛快騎著。回去躺在床上，翻來翻去睡不著，覺得兩腿間發癢，一摸才發現早濕粘一片了，像流了許多淚，樸茜終於戰戰兢兢把張揚常枕但現在空在她臉前的枕頭塞在了兩腿間，痛苦地攪纏著，手伸向那滂沱的淚痕深處，噙住即將爆發的呼喊，在失控的抽搐中癱下了死屍般僵直的身子。

　　大學時的樸茜，這會兒正貓在寢室被子底下吃零食看電視劇，那時雖然孤獨，卻清爽自在，時光若能倒回，她肯定不會身在福中不知福，會加倍珍惜的，但時間卻倒不回了，她只能回憶卻回不去當時了。

　　嫁到秦皇島兩年了，張揚不在，連逛街都找不到人陪。雖也有朋友，如張曉和蓉蓉，但她們都有自己的男人，樸茜不願打擾她們，而且和她們不是一路人，不想走得太近。

　　結婚前是多麼憧憬家庭，現在卻疲于應對公公婆婆與串門的親戚，和在自己家完全不同。不自在，不舒展。臉不像自己的臉，笑不像自己的笑。自己彷彿被壓縮到了內心深處，像一根針，刺著她虛假空虛的皮囊，想捅出去。

　　第二天清早一起床，婆婆就開始說搞不清張揚的近況，你要多關注多叮囑他，樸茜本想說張揚最近不怎麼理她，卻怕麻煩沒說。她希望婆婆再睡會兒，但直到吃完早飯七點半要上班，才算擺脫了婆婆。每天一見面，婆婆的話語就排山倒海地壓來，把樸茜折磨得支離破碎，張揚還抱怨樸茜嘴碎呢，她比起張揚媽簡直差得太遠了。樸茜和張揚視頻，想尋求安慰，卻尋來一肚子的氣。她琢磨著昨晚張曉的話，張揚也像張曉的男人一樣嗎？不，張揚不是這種人。——但就那麼肯定嗎？社會是個大染缸，能保證張揚就不受影響嗎？

樸茜對張揚在地球另一側的生活毫無概念，幻想的藍本都沒有。一想到這一層，她生命的支柱就像稀裡嘩啦要塌了，心口悶的慌，有時竟會生理性地發緊，買了速效救心丸含了兩粒，果然舒服些，從此就常放一瓶在床頭，一想到這麼年輕就如此了，不禁感傷。

　　網上總有陌生人加她微信，全是男的，她以前統統不加，甚至沒注意過這事，最近百無聊賴的，就想，這些陌生人加她做什麼，瞎聊找樂子嗎？看他們頭像的照片，有歲數大結了婚的，也有年輕的，忍不住又想，張揚也會亂加女的聊天嗎？應該不會。——但就那麼肯定嗎？

　　樸茜的腦袋像旋風的風眼，不斷製造著思想的旋渦，越恐慌越想找人傾訴。她出於好奇加了些男的，想看看他們會說什麼。一個男的說，你好，她也回說，你好，他問你做什麼工作的，樸茜說，我是會計，他又問你在哪上班，樸茜就覺得遇見了偵探要來抓她，趕緊換人。另一個男的說，生活太艱難了，你艱難嗎，樸茜說我還好，那男的問你鬱不鬱悶，樸茜說有時會，男的說我也會，我一鬱悶就想打爛什麼洩憤，但打爛別人的東西犯法，打爛自己的東西又捨不得，就乾脆用腦袋撞床頭，力度適中就剛好能洩憤又不至於撞壞頭或者床。樸茜覺得好笑，心想，你撞床關我甚事，無話可說，只嗯一聲，男的又說，你看不起我嗎，樸茜說沒有，男的彷彿也沒話了，過了好一會兒又問，你感覺好些沒，樸茜說，我何時說我不好了，男的說你別生氣，樸茜說我幹嘛要生氣，男的哦了一聲又不吭了，半晌發來一句，你有男朋友嗎，樸茜說我都結婚了，男人又哦了一下，到晚上十二點，男的卻突然發消息說，咱們去開

房吧，我寂寞得很，嚇得樸茜周身一凜，趕緊刪了這男的的帳號，心撲通跳了許久才平緩下來，現在的男人和女人，都是如此隨便了嗎？

樸茜覺得互聯網像個虛擬的瘋人院，裡面全是看不見的張牙舞爪的瘋子，這些人在現實中什麼樣的？也這樣瘋癲嗎？應該不會。難道在網上因為不認識就大了膽子，隨便發洩了嗎？

樸茜發現這些男人個個都很孤獨，感情得不到滿足，難道許多人在表面的光鮮之下，竟都和她一樣掩藏著孤獨與不幸嗎？樸茜生出一些同情，平復了一些自身的痛苦。她有一搭沒一搭的和幾個男的聊著，反正底線是不見面，守住這一層就沒事，歸根到底只是和手機在說話而已，一關機或刪掉他們，就跟沒存在過一樣。

一天下班，樸茜推著電動車從二十二樓進了電梯，她常把電動車推上樓在公司充電。電梯路過十五樓時，上來個穿暗綠短袖的男子，大約和她一樣年紀，肉乎乎的臉白白淨淨，拎著方形的黑箱體，進來放在地上，樸茜無聊地倚著電梯，瞪著空洞的眼看著這人，他卻對她笑了一下，樸茜有些吃驚，不禁聚起精神望著他，他的確在沖她微笑，笑得還很自然。樸茜腦子一嗡，反應不過來，避開他眼神，低頭看那黑箱體，上面的凹槽有金屬柱，就聳了聳下巴問，這是電池嗎？這人說，是小牛電動車電池，樸茜說能取下來倒怪厲害，這人說，我買的是頂配的，能跑一百五十公里，我跑去過天津的，今天來這兒辦事沒開車，因為下午堵車厲害就騎來了。

樸茜沒問，他卻說了這麼多，樸茜覺得他有趣，抬眼又看他，那人的目光也毫不避諱地直視樸茜，像冬天的湖水一般安

靜，嘴角和鼻翼的笑卻如春風吹過湖面時的波紋，他說，你也可以買一個，還能用手機下載定位系統，車不容易被偷。

出了電梯，樸茜搶先推車出來，卻被門崗保安叫住說，電動車不能進樓，早貼了告示的，樸茜忙說沒注意，保安卻摘下大簷帽摸了摸禿頭的幾根毛髮，挺著肚子說過來登記，樸茜問登記做什麼？保安說交罰款呀，按住她的車座怕她跑了似的，那小夥也走到了門口，放下電池說，大叔，你不認識我了？

保安的肥臉凹進去，小眼睛盯著他，他攬著保安肩膀說，你來一下，擁著熊貓似的保安擁到旁邊。樸茜只見小夥子掏出彷彿五十塊錢遞給保安，保安回來直接進了崗樓。小夥笑著對樸茜說，以後別往樓裡推了，我一般都開車的，我可以把電動車借給你騎。樸茜心想，我又不認識你，忙搖頭說不用，又問，你給他錢了？小夥子淡淡一笑，沒說話，樸茜不好意思地說，謝謝你，改天我請你吃飯，說完才意識到犯了錯誤，但小夥卻並沒有給個縫隙就鑽，禮貌地謝絕了，只說加個微信就行。樸茜掏出手機掃他的二維碼，卻發現早已加過了，竟是最近正聊著的一人，而且聊得挺好的。

像有道光劈開了樸茜的意識和身體，她眼前一閃，呼吸收緊了。世上真有小說般的巧合？她心底翻滾著興奮，表面上卻仍冷漠而不動聲色，她淡然一笑，說，這麼巧，男子也說是呀，怪不得一見到你就覺得熟悉，我叫李情。男子說著伸來肉嘟嘟的白手，樸茜握了，一股熱氣流進她的胳膊，樸茜覺得怪怪的，忙鬆開了。

二人分別後的當晚，李情發消息說，明天我們去梁實書店吧，那裡環境雅致，我們在那兒吃中飯怎麼樣？樸茜想拒絕，

卻又很想去，一想李情昨天幫了自己，就說好的，我請你吧。

李情說十二點在河北大街和民族路交叉口西南角的書店門口等她。樸茜到那裡時，李情正在街上眺望，見了她，老遠便招著手。進去是碩大寬敞的廳堂，穹頂有三層高，四周二樓三樓圍滿包廂，窗戶對著廳裡，從盤折的樓梯可以上去。二人先在樓下溜達，李情帶樸茜來到一個區域，那裡擺著《墨菲定律》《窮爸爸富爸爸》之類的書，李情說，我不喜歡高深的藝術與晦澀的學問，在我看來，一切道理都要落到人世間，能用於生活才好。

樸茜想起張揚愛看的小說與電影，全是既高深又神經的，她一點也不喜歡，眼前這男人的愛好卻彷彿與她一拍即合，距離瞬間就拉近了很多。

上二樓，服務員領他們進包廂，綠色沙發中間是精緻的樺木餐桌，靠門雜物櫃上插著精巧的日式瓶花，牆上是素淡的淺藍山水條幅，簡約雅潔。樸茜驚歎說，秦皇島竟還有這樣的好地方。李情說，有很多，以後我常帶你逛。樸茜坐下來卻哎呀一聲，李情坐在她對面問，你怎麼了？樸茜尷尬地說，練瑜伽腿扭了，每次坐下的瞬間膝蓋後窩就疼。李情說，瑜伽把人扭成各種姿勢，並不能起良好的養生作用，反而傷害筋骨，最好的鍛鍊是相對靜態的，而不是劇烈運動或扭曲，別學瑜伽了，不然恐落下關節的病根，我給你揉揉。說著起身坐到樸茜旁邊。

樸茜本要推脫，李情卻已坐下，兩手很自然地掐在她右膝上，一下下揉著，服務員拿功能表進來了，羨慕地說，看你老公多關心你。

李情看看樸茜，笑了一下沒否認，樸茜的表情像陷進了臉窩裡，既驚慌又有所思。李情揉了一會兒，樸茜果然舒服了些，她說不揉了，李情就很老實地乖乖坐回了對面。他們點了江南紅蝦杭椒鱔魚和沙律雞。餐後樸茜要結帳，服務員卻說你老公結過了。李情挽著她說，你下樓慢點，樸茜抽出胳膊問，你什麼時候結的，李情說上廁所時，不打緊的。

分別了兩天，李情又約樸茜見面，樸茜卻說不見，李情問為什麼，樸茜說才第一次見面你就碰我。李情說已經是第二次了，你腿還疼嗎，別練瑜伽了，有空我帶你去看看太極拳，樸茜說拉倒吧，太極拳都是老頭老太太練的，我有那麼老嗎？李情說現在流行國學，我們市有教青年男女太極拳的機構，據說挺火，你腿到底好些沒，樸茜說不關你的事，李情發來個擁抱的表情，樸茜說我已經結婚了，李情卻說我沒那個意思，只想和你做純粹的朋友。

樸茜很無奈。她說，這小破城市我都逛遍了，還有什麼可逛的。李情說，你不是本地人吧，樸茜說，我是嫁過來的。李情說，像梁實書店這樣的地方，還有松社，閱開心，紙的時代，城市之光，全是集圖書咖啡與餐飲於一體的地方，純喝茶吃飯的有比如瓦舍、瓦庫、花之林等等，也都環境精緻，沒事去坐上幾個小時，頗為愜意的。

樸茜說，我跟你這陌生人出去，很有負罪感。

李情沒再一味攛掇她，而是和她聊了許多別的。無論樸茜說什麼，李情似乎都很願意聽，提的問題也總能引樸茜說出更多話，一來二去，樸茜開始關注周圍事物了。她彷彿在狹小的空間裡封閉太久，沒正眼看過世界了。有李情聒噪她挺好的。

樸茜彷彿又體驗到了很久以前的，譬如大學時和張揚在湘江邊散步時體驗過的東西。那時張揚晚上睡不著覺，給樸茜打電話，樸茜也睡不著，張揚說去湘江邊散步吧，樸茜說神經呀，都十一點了，遇見壞人怎麼辦，張揚說江邊散步道很寬，注意點別讓人靠近就行，樸茜雖嗔怪，仍從女生寢室溜出來了，他們拉著手從瀟湘中路走上江邊的風光帶，石墩欄杆邊的大道上路燈輝煌，右側是黑漆漆開闊的江水和夜空，他們坐在石墩上抱著接吻，兩腮吻酸了仍不捨得分開，有孤身男子從遠處走來，樸茜拉起張揚就跑，長髮像風一樣飄著，拖鞋呲呲啦啦給她的笑聲伴奏，大理石花紋在腳下如柔緩的水波，樸茜邊跑邊，說嚇死人了，這點鐘哪個好人會獨自到江邊散步。張揚說，我沒得到你時，就會獨自散步。樸茜說，像你這樣神經的有幾個，而且你也是壞人，說罷嘻嘻地笑，在張揚褲襠裡抓一下，張揚歪著眼眉說，瞧誰更壞，不過，壞人真來了也會被我打跑的。樸茜奚落他說，這些天你被我掏空了，肯定打不過，聽說江邊前一陣有對湖大的情侶遇到搶劫，男的在女友面前逞能，還被捅了兩刀。張揚說，真那樣你就跑，死我一個人，你好好活著就行。樸茜忙用嘴堵張揚的嘴，邊親邊唔嚕著，不准你死，要你跟我一起活，要你娶我。樸茜清楚地記得，那是大三結束後暑假的夏夜，那個假期他倆都沒回家，待在長沙做兼職，炎熱的空氣裡天天充斥著他們激情的體液味，那晚她穿著粉紅連體過膝裙和大紅拖鞋，張揚穿著和前幾天李情穿的一樣的暗綠T恤，下身是商務休閒褲與皮鞋，回想起來，真是恍如隔世。

　　樸茜悲哀而震驚，那一幕像永恆一樣印在了她腦海中。

時隔三年，就在最近，這些已成過往的東西，在她認識李情後，卻包上新的面孔換了新的形式，煥發著活力重新出現了。樸茜像耳更聰目更明了，下班看路上的行人，彷彿又在昔日長沙的瀟湘中路上，這感覺讓她既激動，又恐懼。有時，內心深處深沉的幸福感正自濃郁，卻突然鑽出強烈的憂傷，打亂她的方寸。

好幾次在這當口，李情陰差陽錯在微信裡冒出來問候她，她說我情緒不好怕影響到你，李情卻說，情緒不好我才更該出現的。樸茜說，我不喜歡在別人面前發牢騷，李情說，我又不是別人，你發吧。樸茜說咱倆別聯繫了，李情說為什麼，樸茜說我不安。

李情說，你雖結婚了，婚姻卻不幸吧，你先生常不回家嗎？

樸茜說，你好聰明，一下就嗅出了情況。

李情說，你晚上能聊天，正常結婚的人不會這樣，他一定是不陪你了，女人都需要陪的。樸茜說，我們結婚兩年了，他辭職出國念書了，他爸媽想讓他移民，老說中國經濟不好，我卻沒有這感覺，只為他走了而難過，我們從大學認識到現在六年了，我跟他之外沒有跟過別人，他也沒有，所以，我真的不能再見你了。

樸茜雖總說不能見李情，卻越發經常地主動跟他聊天，每次將李情的暖人和張揚的冷漠對比，心就冰涼。

樸茜問李情，你說我老公不愛我了嗎？

李情說，你老公雖跟你親近，卻也是另一個人，有他獨立的想法，你控制不了的，你唯一能做的就是別依賴於他，感情是自己的事，活出自我才重要。

這幾句話，在樸茜雖看到危險卻依然很想沖出去的那條路上為她打開了門。她反抗著說，你們男人都這麼自私。

李情說不是自私，而是如果你沮喪，你周圍人也不會開心，樸茜說，那我肯定讓你不開心了，李情卻說不包括我，我的使命是安慰你，樸茜問為什麼，李情說上天安排的，我感恩於此。

樸茜心裡熱熱的，說，你這樣對我，讓我好怕。李情發來溫柔的語音說，一切隨緣，我該約你照樣約，你可以見或不見，別讓自己不舒服。

果然，李情不停地約樸茜，樸茜顛來倒去像被激起了神經的錯亂，工作時也忍不住幻想李情潔淨的大娃娃似的臉。樸茜沒把工作當事業，但她沒有別的追求，雖幹得並不賣命，能偷懶就偷懶，卻不自覺地老惦記工作的人事，以前常跟張揚絮叨，張揚出國後沒機會了，現在就跟李情絮叨，李情卻像很願意聽她嘮叨，還不時點評幾句，說得往往恰合樸茜心意，彷彿他是樸茜心臟的一根血管或一塊肉，清楚她的心跳與情緒。

樸茜為難地說，我知道你喜歡我，但我不能背叛我老公。李情說，不存在背不背叛，我並不是攛掇你，而是任何倫理道德在活生生的孤獨面前都是邪惡的。

樸茜說你真這麼認為？李情說當然了，男女的本質是感情，而不是外在名分，感情到位了怎樣都行。

樸茜說，我對你的感情沒到位。李情說，別有壓力，我又沒要求你什麼。樸茜說，那再見面時你不能碰我，要尊重我的感受。李情說，我尊重，這次去紙的時代吧，在和平大街上，你下班我開車來接你，樸茜卻說太遠了，還是去梁實書店吧，

它那兒菜挺好吃的。

他倆就又去了梁實書店。到了包間，李情自然地和樸茜坐了同一條沙發，拉起她的手，樸茜剛抽出來，李情就從背後一把抱住她，摟著她的肚子，前半身貼著她的後背，樸茜嚇一跳，像不會動了，雙手握緊玻璃杯，像在凝聚力氣，顫抖著說，你們男人都一樣，說了不算。

李情說，我不一樣。

樸茜糾正似的認真說，全一樣。她那強調的腔調令自己都覺得可笑。李情說，人都會吃喝拉撒，但不能因為人的這本能，就說人們都一樣。

樸茜說，我都結婚了，你為啥一直纏著我？李情說，我知道你結婚了，也知道我們不可能，我只是希望見到你，我在你面前會有深深的悸動，年齡這麼大了還能悸動，我自己都很驚訝，彷彿又回到幼時，生命第一次向我敞開懷抱展示了美。

李情邊說邊抱樸茜更緊了，手不動聲色地在她左胸由撩撥到揉搓，樸茜竟像喪失了意識，李情伏在她的右肩，聲音流進她右耳，麻酥酥地把她右半個腦袋裹在昏沉之中，在李情暫停的間隙裡，樸茜無力地說你把手放下，李情輕柔地說好，手從她乳房放回了肚子，繼續攬著她說，我不想讓你兩難，但相信我，我懂你的心。

樸茜的手彷彿無力握杯子，把杯子放到了桌上，但仍緊緊地攥著。李情說，我並不想破壞你的家庭，然而光有家庭不夠，家庭的關係在漫長的摩擦中會深沉到固化，像結石一樣，靠外力才能打碎，我們雖已不小，可也並不老，還有大半輩子要活，接下來若都在固化與遲鈍中度過，該多痛苦。

樸茜聽了，彷彿很恐懼，連說不會，他一回來或我一過去我們就沒事了。李情卻鎮靜有力地說，會，任何夫婦都會，這是人類的真理，但這種痛苦真是你想要的嗎？如果不是，為什麼你要做不想要的事？勇敢些，邁出去你就會發現，你面對的是美景不是懸崖，生活可以如此幸福，但這並不代表就毀掉了家庭，完全不是，如果那樣就誤解和顛倒了這關係的本意，它是要增加快樂，而不是減少現有的歡樂。

　　樸茜近乎哀求地說，我沒有這種需要，放過我罷，李情卻說你有，你是女孩，不便承認，這我理解。樸茜難為情地說，真的不用，到這一步就行了，再進一步就適得其反了。李情說，如果這能讓你滿足，我願意這樣，我對你無所求。

　　李情的聲音柔柔的四平八穩，彷彿確如他所說的無所求，卻在樸茜心中卷起巨大的波濤，樸茜說，你完全可以找個沒結婚的，你找個吧，好好跟人家過。

　　樸茜回頭，看到李情的臉和她的近在咫尺，他一吸一合的鼻孔和眼角彎彎的笑像打進樸茜心底的一抹電光，讓她心驚肉跳。李情說，真正的情義是只為情義本身，我願受它洗禮，不願隨便找個於我沒有情義的人。

　　樸茜輕歎一聲，喃喃地說，真是悲哀，這本該是老公做的。

　　李情說，老公有老公的責任，柴米油鹽也必不可少，想開點兒，在我這兒才是你完成激情的地方。

　　樸茜驚奇了，你怎麼這麼會說？李情說不是會，而是說的實話，人說實話時最坦然。

　　樸茜迷茫地從李情的眼睛緩緩看向他的額頭，從頭頂轉一圈，到他的下巴再回到眼睛，她說，你其實挺好看的。李情說

哪裡好看，樸茜說眼睛，還有笑，笑起來壞壞的，但讓人忍不住想看。

李情說，我以後每天笑給你看。

樸茜聽了，垂下睫毛，緩緩搖頭，似又要說出什麼悲傷的話，李情卻以迅雷不及掩耳之勢用嘴貼住了她的嘴，兩張嘴離得本來就近，李情卻使了很大力氣，吸住樸茜的嘴唇。

樸茜一下子招架不住，推李情卻推不動，李情的力量中彷彿有不能反抗的東西，但他的唇從真正得到樸茜嘴唇的回應之後，又變得緩慢小心，彷彿樸茜是易碎的瓷，易化的冰。

樸茜就那樣被李情架著胳膊，垂手仰面像個死人一樣被他親著。李情像竭力想喚醒樸茜的什麼，動作越來越熱烈，如饑似渴地吸緊她，樸茜微微睜眼，看著李情陶醉的表情。過了許久，樸茜彷彿恢復了元氣，終於推開李情，轉身拉著衣領和衣角喘著氣。

李情呵呵笑著坐直。樸茜說快吃，我得回去，婆婆要罵了。李情說我吃飽了，你還吃嗎，樸茜說我也飽了。兩人便出來。

李情開車把樸茜送到她家建興裡社區門口，停在馬路對面，他摸著她手背，她也忍不住多看了他幾眼，下車四顧沒有熟人，跑過馬路進了社區，回頭見李情的車仍停著，李情從車窗揮著手。

樸茜在樓道掏出小鏡子，用手梳理整齊頭髮，從包裡拿出唇膏抹幾遍，拿鑰匙開了門。婆婆說你去哪了，飯都涼了，我和你爸先吃了，樸茜說我在外面和同事吃的。進臥室前，樸茜在門口站了幾秒，突然回頭說，媽，我想出國找張揚。

婆婆像過會兒才聽懂了，放下笥帶說，知道你們不容易，忍忍，只剩一年半了，樸茜驚呼，一年半，這樣下去會出事的！

　　張揚媽媽小眼盯著樸茜問，出啥事？樸茜慌亂地說，沒事，就是心裡難受。張揚媽媽說，早些年廠裡派你爸去建分廠，那幾年他不在家，我一個人既上班又帶張揚，做女人的都要承擔這些。婆婆用滿是繭子的手握著樸茜的手，樸茜無話可說，反過來安慰婆婆幾句，關了臥室門。她很糾結，婆婆聽不懂她的意思，她也不能明說。

　　晚上走在下班的路上，那麼多電動車，十字街口像海底，電動車是追逐食物急停急走的大批小魚。路燈亮了，這些年街上不斷湧現新的餐館，還弄出音樂餐吧KTV餐吧的花樣。河北大街上錦江都城酒店紅藍的燈柱比賽似地搶著讓光上升，旁邊是大地恒世影城，綠字刷一下亮了，瞬間卻變黃，強光打進樸茜的眼裡。商場的招牌彷彿是一隻熊，底部有黃的白的星星，旁邊是酒杯，再一看卻是頭象，鼻樑兩縷可笑的皺紋，瞪著兩隻沒有珠的眼，眼眶一圈白燈。

　　樸茜身心也像不斷變動的顏色，沒法踏實，不知道一切代表什麼，城市代表什麼。

　　如果招停路上所有電動車，每個人都下來，說出自己的故事，將有多少看似平凡卻驚天動地的故事？恐怕有多少人就有多少故事，雖然層出不窮，卻又都是關於愛恨的，關於孤獨的，關於生命與死亡的，關於欺騙與坦誠的。別人的痛苦雖然解決不了自身的痛苦，卻能讓人暫時忘卻，難道人與人相互陪伴的本質，就是叫人自我遺忘嗎？

樸茜哀傷地仰望路燈，她向前騎路燈就後退，她覺得自己也像這抓不住的光線，不知何時就會熄滅。她慶幸目前還健康，也覺察出了生命的緊迫。持續的憂傷像辛辣的酒湧進她的喉嚨。李情發消息說，今晚的夜景真美，別在家貓著了，出來吧，樸茜停下電動車說，我只想簡單地活著，你為什麼不讓。

　　李情說，我們去玉米樓吧，有雙人套票，可以上到四十八樓環形觀光廊，俯瞰城市夜景，雖沒有上海東方明珠震撼，卻也很壯觀。樸茜說，我真的好累。李情說，我在你家社區外了，累才要釋放，長期壓抑不是辦法。樸茜無力招架似地說，我還在下班的路上，你等我。

　　樸茜放了電動車出來，上了李情的車，李情卻沒把車開去玉米樓，而是沿建設大街開到東港路的人煙稀少處，停在了茂密的白楊樹叢深處。兩人都沒下車。一個小時後，尾燈閃了閃，車沿著東港路掉頭，在距樸茜社區一裡地處停下了。樸茜拎著包下車，在人行道上小跑一般地快走，進家鞋都沒換就溜進屋鑽進了被窩，緊緊握住被角，臉上神經質似的像笑又像哭。

3

　　樸茜做飯拾掇家更勤快了，但有時她會突然瓷著發呆，公公婆婆誇她，她卻像只受驚的兔子，驚恐地望望他們，又低頭做事。

　　張曉打來電話，說鬱悶了想見樸茜，二人約在天洋旁邊的火鍋KTV迷你包廂，點了烏雞卷牛肉卷羊肉卷雞心羊眼和一大捆青菜。

　　張曉腫著哭過的眼說，我倆這回完了，前幾天她媽打電話給我，怪我還跟她兒子勾搭著，我說都勾搭兩年了，你又不是不清楚，他媽就說，你想糾纏到什麼時候為止，你倆不合適就必須分，我說，合不合適不是你說了算的，要他親口跟我說，然後——，張曉哂一口郎酒，把鍋裡的肉撈出來吃了，繼續說，我生氣地找著了他，他卻說你不該衝撞我媽，老太太在家一個人摔鍋打碗地說我不孝呢！我也惱了，我說，你媽想拆散咱倆不是一回兩回了，你媽也不問問是我舔著你來往的還是你一次次來找我的？他說我媽沒文化，你要多包容，我說我也沒文化，只是個初中畢業的，誰又包容我了？他問你想怎樣，我說我想問清你打不打算跟我結婚，他說我媽正在氣頭上，這事要從長考慮，我一聽就來氣，我說沒法等了，今天必須說清，結就結不結就拉倒，誰知他定定地望著我，嘴角翹翹說，怎麼個拉倒，我說分手唄，他說你

認真的？我說當然認真了！他表情牴觸地說，從一開始認識你，你就不停地說分手，咱倆哪是談戀愛，談分手還差不多。我越聽越氣，我說那是因為我看得出你不是真心娶我，耗到最後我嫁不出去怎麼辦？他不緊不慢地說，我現在沒法和你結婚，我問以後呢，他說以後也不好說，我氣得抓頭髮，像個瘋子一樣撲棱著頭髮說，分手，分手！他目光一下就冷了，像在上方俯視我，我瘋了一般說要不是你我早嫁人了，現在什麼都沒有還得重來一次，女人最耗不起的就是時間，二十幾的人大一歲就老一歲，你耗我兩年不能這樣就算了，當初你追的我，如今分手你要賠償我。他輕描淡寫地問，你要多少，我說給我五萬這事就算了結，我從此不見你。沒想到他立馬答應了，說要寫個協議，五萬塊錢給完兩人就沒有瓜葛了，也不能傷害對方家人，我說傷害你哪門子家人，他說我媽，我說，打死我都不會再接你媽電話，他說好極了！我騎虎難下了，他在手機上敲了會兒就帶我去列印店打了兩份，買了印泥在路邊簽字按了手印，當場就轉給我五萬，我卻一點也不開心，我根本不想要他的錢，我只想跟他走進婚姻的殿堂，但一切全完了，世界從此只有黑夜沒有白天了，陽光照著所有人卻再也不照我了！過了幾天，我又發瘋地找到他說不行，我還是怕你糾纏，再給我一萬押金，過倆月沒事了我退給你，他立刻又打一萬說，可以了吧，不用還了。我心都碎了，我哪是為這些錢，你打發狗似的，這要是現金我立刻甩你一臉！我肚裡憋著火沒地方發洩，一回家就病倒似的摟著心口躺在床上，第二天爬起來本能地拿起手機要撥他的電話，按下前的一剎那才想起分手了，不能再

打給他也不能再見他了，眼淚一下子就下來了。

張曉眼淚嘩嘩地冒，從面頰上一串串滾落到盤子上的火鍋蘸料裡，樸茜看不上張曉的做法，但見她涕泗交織，非常痛苦，覺得她可憐，說，這樣的人渣走了也好，你長得這麼好看，不愁再找。

張曉哽咽著說，問題是我不想再找了，這幾天每晚一閉眼，面前就是我倆相處的畫面，以前沒分手時想的都是吵架的場景，現在卻全是美好的了，甚至白天和人說話都忍不住走神要去廁所把那場面想一遍才行。張曉哭得仰起頭，樸茜托著她的脖子像怕它斷了似的，說，你再這樣，我都要哭了。

樸茜聽著張曉嘔吐似的嚎啕，想起遠在天邊的張揚，哪天如果和張揚走到盡頭了，也會像張曉這樣痛苦嗎？接著想起另一人，那個笑容燦爛卻像刀刃一樣要撕破她胸腔的人，終於忍不住也淚水漣漣了。

KTV包廂正放薛之謙的「認真的雪」，兩個女人的嗚咽在哀婉的旋律底部起伏。

張曉說，最近我老想，他可能並不是那麼壞，只是一時眼瞎了，真想把他打醒，打回剛跟我好的時候，那時我吵他從來都不吭，到晚上就摟著我一遍遍地摩挲，一星期至少五個晚上和我睡一起。

樸茜冷靜地說，他要是對你還有半點在乎，就不會這樣，他不鹹不淡，就是怕你再纏著他結婚。張曉說，茜姐你別怪我囉嗦，樸茜說我不怪，誰都有傷心的時候。張曉說，我好羨慕你，你有文化上過大學，工作穩定，不像我們，我明早又要去家具城開早會，擺脫學校這麼多年了，卻仍要像個初中生似的

站在店門口做早操，做不好了經理當街就罵，惹滿街的人笑話。樸茜淺笑了一下，沒說什麼。張曉又說，我心裡好恨他，你說，這是愛嗎？

樸茜說，他對你不好你當然恨，但恨完也有風輕雲淡的時候，那時回憶起來就像別人的事了，不會再有情緒，你最近咬牙挺住，別再跟他聯繫。

張曉卻驚恐地小聲說，我昨晚喝酒了，獨自喝得滿臉滾燙，心卻像塊兒冰涼的石頭，我又打他的電話了，我說現在就想見他，他就又帶我去了他的空房子，我雖然醉著心卻像被撕成幾瓣的殘花，他眼神木然一進屋就說還找我幹嘛，錢都給你了，協議也簽了，說完就撲了過來。他幹的依舊很猛，彷彿一切沒在他身心烙下任何印痕，幹完了，我說，我們還像以前行嗎，我向你媽道歉，他卻捧著我的頭說，你是三歲小孩嗎，我媽天天催我結婚，我頂著風險見你，對你還不夠意思嗎？我說你不愛我了嗎，他說不愛你怎麼會願意和你幹？我說，你愛我卻要和別人結婚，結婚了卻還要和我幹，是嗎？我忍不住鼻子酸酸的，他越說我心越悶疼，他卻穿好衣服說，我走了，有筆拆遷款該到賬卻遲遲沒到，我要找辦事處的人理論，不陪你了。不容分說出了門。我一人在他房子裡聽歌，聽著就哭了，跟今天一樣哭了很久，茜兒，我剛才沒好意思說，我是又受了他一次侮辱的呀！

張曉的淚到最後像燒幹的鍋，嘶嘶發著沸騰聲，卻沒水了，接著火也終於關了，人涼下來倚在樸茜身上。張曉雖斷斷續續地哭，卻把肉菜吃個精光。樸茜第一次在KTV吃飯，音樂一首首放著原唱，強大的立體聲使聲嘶力竭的情歌貫穿她的肺

腑，她像高高地站在音樂的浪尖，隨著音樂的吶喊激動著熱烈著悲傷著悔恨著。

點的歌放完了，樸茜看看表已經傍晚，對張曉說，今天周日，瑜伽課快開始了，張曉說我不想去，蓉蓉也在，我不想叫她知道我的事，我今天難受得沒上班，經理不同意，我硬請假的。樸茜說，別告訴蓉蓉就行，她大大咧咧不會看出來的，興許你拉拉胳膊腿，反而能釋放釋放。張曉癱軟地說，你說去就去吧。

二人到了瑜伽課，下課前，樸茜收到李情的微信說，你不是說在聖梵瑜伽上課，我沒忍住，開車來接你了，現在就在樓下。

樸茜胸口驚跳著說，你怎麼不提前說一聲，私自就來了？李情說，我實在想你，你出來吧。樸茜怕把李情逼急了上來找她，就說，你停在文化路和建設大街的路口，我不想讓閨蜜看見。下課換了衣服，張曉過來說，再陪我去咖啡館坐坐行嗎？樸茜卻慌亂地看她一眼說，曉，我今晚還有事，只能下次陪你了，又摸摸張曉的臉說，好好睡覺，別做傻事。

樸茜拎著包快步進電梯下了樓。鑽進李情車裡，樸茜冷冷地說，下回別再搞突襲。李情的聲音像溫開水，說，吃什麼？樸茜說隨便。李情說，去城南夜色餐吧吃蝦尾吧，那裡駐唱是一流的。

突然，樸茜從車後鏡看到一個人，朝他們小跑著，臉色分外焦灼，竟是張曉。她慌得趕緊往皮椅深處坐矮些。綠燈了，車把張曉甩在後頭，不知她看到樸茜沒有。樸茜心裡正嘀咕，李情手機卻響了，李情看了看沒接，但也沒掛，直接調成靜音

放進兜裡，樸茜問是誰，李情說推銷的騷擾電話。樸茜對著前車兩盞暗紅的尾燈，不知怎的，又想起了張曉哭紅的雙眼。

4

　　傑森胡去悉尼後，施雪純也淡出了張揚的視野，張揚被不相干的事牽扯了太多精力，學習愈發刻苦。他怕小盧找他麻煩，想躲開所有的中國大陸人，他住的青旅沒有大陸租客，但一出青旅幾乎到處是大陸人，公交和地鐵上高聲打電話的是東北或北京口音，步行街奢侈品店走出的拎大包小包的是大陸來的戴墨鏡的中年胖娘們或身材嬌媚的年輕女人，藍道購物街的公交站牌等車的人十個裡就有兩三個大陸學生，唐人街更滿是中餐館，有中國人開的電腦手機專賣和修理店，中國人的服裝飾品店與中國超市，英語不好的留學生或中老年移民每天在唐人街晃蕩，不懂英語完全不影響生活。

　　張揚獨在異鄉這所謂的自由國度，過著伸展範圍極窄的幾乎與世隔絕的生活，每天就是教室、青旅和圖書館的三點一線，偶爾去北郊托倫斯河邊散個步，但怕美景更反襯情緒的落寞，並不經常去。除了上課，他只在公車和超市接觸人，跟司機說聲hi，收銀問完how are you他說聲good，結完賬說聲Thank you。澳洲人見面喜歡打招呼，彷彿友好，但並沒有更多交流，只是禮儀。張揚住的青旅距威廉王子街和藍道購物街的交叉口不遠，他常從購物街的Woolworth超市買一塊錢五包的泡面和兩塊多錢一袋的海鮮混拼，煮在一起湊乎著吃，有時趁打折買五塊錢一袋十幾個的土豆和兩塊錢一包的凍雞心，摻

著醬油和料酒燉熟了吃，吃不完裝在碗裡放進袋子裡，廚房有紙筆和膠帶，在袋子上貼上自己的名字封好放進冰箱，下頓繼續吃。

張揚每晚從圖書館回來做好飯，在廚房邊小廳的最裡側的桌上默默吃完，拿出筆記型電腦看兩個小時論文才睡覺。張揚問青旅招不招清潔工，前臺球一樣胖圓的南亞女人說，有個做清潔的北歐人正要離開，你可以依據方便的時間，每週安排早班或夜班共五次，一次約兩小時，不發工錢，抵扣一百二十九塊一周的房租，清理廚房客廳廁所走廊和陽臺酒吧，如果是早班，還要對每個臥室查房並用吸塵器吸地板，要交一百五十塊押金，沒打掃乾淨會被警告，警告三次就不讓做了，而且不退押金，你做不做？張揚答應了。從此，張揚經常在晚上忙完論文後，十一點從工具間取出水桶抹布鋼絲拖把和清潔液，把廚房的碗盤刀叉洗淨，清理完各處又去洗廁所，按球女人說的抱著便池外壁用鋼絲刷洗，用刷子刷小便池的池面。

張揚國內的朋友有做成人英語培訓的，張揚接了一對一線上課，每次用qq領讀講解，打著海外教師的旗號，每小時卻只給他五十塊錢人民幣。張揚從不視頻，只語音，因為不願讓學習者看到他貓在青旅陰暗的角落講課。一次講完，名叫Maggie的女學員不無羨慕地說，你們留學生真了不起，讓人佩服，張揚也配合說，還行，記著複習呀！掛了語音，卻起身去刷馬桶了，心想Maggie還佩服我呢，她不知道我過的什麼樣的生活。有一次，球女人人清早敲張揚房門，帶他到男廁所指著便池旁的牆壁說，張，牆上有個黑點沒清理。張揚見牆上確實有個極小的黑斑，攤手說抱歉沒擦淨，球女人黑著本來就黑的臉，給

了他一次警告。沒過幾天，他又在早晨被球女人叫到陽臺上說，這個煙灰缸沒洗，張揚看看，狡辯說深夜有人抽煙弄髒的，胖女人搖頭說，深夜有人抽煙只會煙灰缸裡多一點灰，不會整個煙灰缸都蓋著灰，分明沒洗，二次警告！

張揚怕退不回一百五押金，一個個屋子敲門，終於找到願做這活兒的，轉讓了出去。只剩英語線上的幾個學生，讓他一個月有六百多澳元的收入，維持著頓頓泡面土豆的清苦生活。

近來張揚看YouTube揭露中國的視頻，已經沒有太多衝動。國內社會問題的根源是制度問題，許多國內學者的文章或演講只繞著圈說話，不敢提問題本身，YouTube上的海外視頻，尤其中文視頻，雖然揭示掩藏的現象，但又千篇一律只談流行的案例加以抨擊，無法增長切實的知識。看YouTube激發的對社會不公的憤怒沒處施展，只能囚禁在心裡，灼燒和摧殘自己，讓張揚覺得自己渺小無用。確如小盧所說，中國缺少瓦解極權主義的土壤，千千萬萬像小盧或不像小盧的人有意或無意地阻止著這土壤產生。

但在澳洲的課程中，張揚卻見到了開放理性和健康的民本精神。張揚在國內師範也學過教育學，但都是老師對著課本講學生聽，這裡卻有大量的開放式討論，許多議題與實際相關，理論以閱讀和討論的形式被呈現，課程涉及澳洲的社會問題，允許批判，但氛圍卻並不劍拔弩張，而是在爽朗愉悅的談吐中進行，人們極少討論如何適應現狀，著重討論如何改變現狀，以實現教育平等和對個體的推動。對比較嚴重的社會問題，如種族問題、土著人問題等，也都討論，人們的言論被聆聽而不被駁斥，彷彿明白討論的目的不是達成一致，而是刺激思考。

這些看似正常，張揚在國內卻沒見過。他一方面覺得本該如此，一方面又很震驚，他努力參與，然而一想到自身的處境，就又異常沮喪，彷彿一切都是黃粱一夢。

張揚深夜在青旅的床上打開紅酒，邊喝邊想，為什麼中國人不能虛心學習並接納這些好的社會和思維精神，重塑社會與民情？為什麼僅用一句這是西方，我們不同，就杜絕了一切可能性？對於小盧，也許因為他佔據著利益的高點，但大量平民也在維護極權主義精神，他們並沒有獲什麼利，反而受了損害，可他們為什麼還這麼做？

張揚在愛中國、恨中國、愛西方、恨西方的衝動之間矛盾徘徊，他發現許多當地同學，尤其是白人，對待他態度矜持，矜持背後有明顯的冷傲和輕蔑，這讓張揚又想起了漢克和蘇薇。漫漫長夜，張揚睡不著，目前只能得出矛盾的結論，即中國的制度不利於民眾，澳洲人開放理性並追求完善，但白人骨子裡有強烈的種族優越感，他們心智成熟並看不起我們。

張揚陷入難以自拔的迷霧。

青旅臥室禁止喝酒，張揚卻把紅酒裹在紙袋裡，擰下瓶蓋直接灌。有時一晚上喝一整瓶，眼前飄忽著，卻仍然睡不著。身體的孤獨與日俱增，夜裡借酒力晃蕩到廁所，坐在便池上挺起雞巴摸索著，崩潰前翹起屁股按住雞巴射進便池，射完常常又沒了困意，而是無比悲涼。

唐人街華人超市有免費的華語報南澳時報，張揚常常拿來看，一整版都是阿德萊德華人妓院的廣告，地址都在社區別墅，印著「各國佳麗，中日韓混血」等噱頭詞，張揚每次拿到報紙都心口狂跳，忍不住先打開那頁，看到那些赤裸裸的字眼

還在，彷彿才踏實了些。

　　張揚只搞過樸茜一個女人，報紙的此頁彷彿盛景，滿是絢爛的顏色，讓他心旌動搖。一天他在被窩裡喝紅酒，有電話打來，是女人的聲音，輕微地喂一聲，張揚怔住了，問是誰，對方說是莎莎，還記得嗎？張揚顫聲說記得，莎莎說，我今晚可能出事，你能過來一下嗎？張揚說你在哪，莎莎說還是上次你們送我的地方，你記下地址。張揚記下了。莎莎卻又沒頭沒腦地說了句，來了別找別人，記著說找我，就掛斷了。張揚不知她何意，雖然有些猶豫，仍迅速穿衣出了門。

5

夜氣清冷，張揚每天傍晚要對著夜氣坐一個小時公車，像反覆聽同一首傷感的歌，漸有徹入骨髓難以言說的底色，融入他體內，和他同呼吸共命運著。

張揚打車又來到那天的沃克維爾區，覺得地址似在哪兒見過。一個穿黑毛衣的女人開了門，四十歲模樣，臉畫得白而齊整，廳裡一張木桌，懸著精緻的吊燈，牆壁和地板均是深棕色，女人問預約了嗎，張揚錯愕，忽而想起這位址像報紙上一個按摩院的位址，忙說沒有。

女人彷彿是老闆，微笑著說，我們都要電話預約的，不過現在正好有姑娘有空，來吧，拉起張揚往裡走，廳的第一間臥室門卻呀然開了，暗紅的燈光像酒，浮出一個長長的人影，齊耳短髮，連體絲襪，中空露內褲，黑乳罩黑鞋，張揚看仔細了，大驚。姑娘對他點點頭，張揚忙對老闆說，就她。

老闆面有難色地說，她還有別的事，我們有其他姑娘，張揚卻斬釘截鐵地打斷，就找她。

老闆雖不情願，仍收了張揚一百三，說，只半小時哦，讓張揚進去了。一進去就像回到中國，但是是古代的中國，牆上掛著幾幅長軸仕女圖，桌上蠟一樣立著暗紅的小燈，壁燈也是暗紅的，滿室幽香，大床對面的核桃木家具旁的地上燃著檀香，主人椅後的牆上有一面大鏡子，使屋子延長了一倍似的，

床頭頂著門邊窗戶，窗外是幽靜的夜。

張揚迷惑地問，送你來的竟是這種地方？他想起莎莎那日被凌虐的情景，自覺失言。

莎莎噓一聲，挽著張揚坐下，在他耳邊說，上次你們送我來後，我一翻大衣裡竟有兩萬塊錢，就想起是小盧給鐵項的錢，本想收起，卻被老闆發現了，我禁不住她逼問實說了，包括小盧閔叛徒和鐵項的事，老闆搶走了錢，說若一切順利會還我的，我不知她要做什麼，我在唐人街買東西認識這老闆的，她一臉慈祥地遞給我名片，說找工作就聯繫她，名片寫的裝修公司，那天來了卻發現是妓院。她把我手機收走了，逼我接客，我剛才偷的他們手機打給你的。我天天擔驚受怕，怕小盧的人來嫖了發現我，有一次老闆在裡屋說話，商量著如何把閔叛徒誘到妓院，並設法找到小盧叫他高價領人。我聽罷趕緊回房，心想這可怎麼辦，小盧來了會發現我的，就想，我一定努力接客，讓老闆信任，這樣更容易偷聽到他們的動作。有時我一晚上接五六個客，到凌晨四點暈頭轉向的，腿酸得像爬過了幾千米高峰，老闆卻依然不信任我，但我靠偷聽陸續得知了他們的謀劃，老闆賄賂了閔叛徒的線人，說這裡有好妹子而且安全，約好的上門時間正是今晚，老闆暗中聯繫了小盧，叫他帶二十萬澳圓來領人，因為怕小盧勢大，還約了個紅姐幫忙。

張揚被莎莎的體香熏住，難以思考，但聽她說起紅姐，就問，紅姐不是施雪純說過的那人？莎莎也想起了，張揚問，你告訴施雪純沒，莎莎說還沒有，我存了她電話，但手機拿不回來，你的電話卻是語言課時就記在心裡的，張揚問為什麼記著，莎莎柔聲說，覺得你是好人，念叨著就記住了。張揚心和

雞巴同時熱了。

莎莎說，你要不再續一個小時，連做三個鐘，我怕他們還沒來你就走了，你在這裡小盧雖來了，知道屋裡有客人，不會強闖的，錢我出。說著從一個小皮包拿出二百六，張揚出去跟老闆說了，老闆雖表情懷疑，仍接了。

張揚上了廁所，回來坐下，十分拘束。莎莎說，脫吧，張揚說，我還從沒和妻子以外的女人搞過的。他神色哀傷，不情願似地脫光，躺在了床上。莎莎那日被虐待的情景又浮現了，他雞巴硬得堅固，心裡卻羞愧，對莎莎有了更多柔和的同情。莎莎趴在他身上，親他的耳垂和乳頭，彷彿他也有乳似的。她舌尖滑在張揚胸口，霎時讓他飄入雲裡，她的睫毛和嘴貼著他，向下親他大腿內側，給他戴上套子，含在嘴裡緩慢柔滑地呃著，張揚像被包在紙做的迷彩蛋糕中，忍不住向四壁沖，想品嘗它，衝破它，他隨著她用嘴巴摩挲他雞巴，也用手摩挲她的頭髮和臉，忍不住想射，忙喚她停下。她騎坐在張揚身上，張揚坐起摟住她，他太饑渴了，像一曲急速步入終樂章的交響樂，房間在強硬的迴旋曲中轟響，他像張開翅膀的鷹，箍著莎莎後背，將她吸緊，變換著動作，莎莎任張揚捶打擺佈，完事後趴在張揚身上說，沒想到你這麼猛，還有半個多鐘，你可以再來一次的。她拿起張揚雞巴，擺弄著又立起了。張揚躺著，朦朧的暗紅色沉在眼底，像火焰映在夜空。

突然，門口有急匆匆的車聲人聲，莎莎坐起，慌張地說，來了。

張揚見一輛黑色賓利停在門口，兩人簇擁了一個戴黑眼鏡的人下車，廳裡有老闆的笑聲，來，這邊下去，最好的妹子在

等你們呢，你倆也下去，不止一個安全屋的。

咕咚的樓梯聲傳入地下。莎莎說，地下有密碼安全屋，國內來的官兒都是在裡面被服務的。

老闆回到廳裡打電話說，搞定，你可以來了。

莎莎說，肯定是小盧。

二人又抱一會兒，張揚說，擁抱的感覺真好，每晚都能抱著該多好。莎莎說，你可以在這兒談個女朋友。張揚說，我不是說過我結婚了，莎莎說，那怎麼不讓妻子陪讀，張揚笑了笑沒答，想，如果樸茜真的要來，他會願意嗎？心中問罷，木木的聽不到回音。

莎莎說你不想讓她來？張揚說，咱倆在一起，不說別人好不好？光線幽暗，莎莎漂亮的酒窩劃開個笑，好。

窗外又一陣聒噪，紛雜混亂，他倆掀起窗簾，五六個人正朝房子走來，為首的西裝筆挺，正是小盧。

莎莎說，先穿衣服，怕過一會兒來不及，說著拉開抽屜，穿上牛仔褲T恤和運動鞋，頃刻一身清新。張揚想起雞巴沒洗，怕莎莎不乾淨，但看到她玉立的模樣，又把這想法壓下了。

急促的砸門，張揚扒開臥室門縫偷看，廳裡是小盧幾人，馬梧也在，小盧把箱子打開，老闆扒拉著裡面的鈔票，小盧說人呢？老闆叫聲出來！屋門被撞開，幾個穿褲腿墜到褲腳的牛仔褲和花T恤的人進來圍住小盧，老闆盛氣凌人地說，再轉二十萬，我絕不囉嗦，立馬讓你帶人走，我們有安全屋，沒密碼你機槍掃都沒用。

小盧歪著嗓子說，不講信用？喊人是吧？

老闆說，幹我們這行，沒人也開不起店，別看澳洲是法制社會，這兩年華人妓院越來越多，相互陷害的層出不窮。說著沖門外喊，紅姐進來！

張揚趴在門縫不敢喘氣，隨眾人目光，進來一個高個子，短頭髮，瘦長臉，目光炯炯的人，乍一看不辨男女，小盧噗嗤笑了，這就是你找的紅姐？

紅姐進屋卻未吭，見了小盧，露出沉思模樣。

小盧一把揪住老闆的毛衣，狠狠按在椅子上說，你敢陰我！

老闆嚇得眼巴巴看著紅姐，紅姐卻紋絲不動，小盧說這是你的人？怎麼搞的，不知道我？紅姐說，還真不知道。

紅姐上前拎起老闆說，連盧哥也訛，人呢？老闆哆嗦著說，在地下。眾人揪著老闆下去，只留胖鬍子守門。

張揚趁此間歇，戴上口罩，給莎莎使個眼色，猛然開門沖出，飛踢在胖鬍子頭上，將他踢暈，拉著莎莎沖出房子，就聽一陣踢踏，眾人架著個衣衫不整歪戴眼鏡的人上來了，正是閔叛徒。

張揚與莎莎忙跳入窗邊花壇，莎莎嬌小，伏在花叢後，張揚掩不住，竄進一旁的樹後。小盧見胖鬍子暈倒，問怎麼回事，老闆顫聲說，不是我們，我們跟著下樓了。

大力眼尖，叫道這兒有人！沖進花叢，揪住莎莎抓了出去。張揚叫苦。只聽小盧說，這麼久了，你竟躲在這裡，你拿了老鐵兩萬，錢呢？

莎莎指著老闆說，被她搶了，老闆嚇得忙說，我現在就給你們！小盧說晚了，全帶走！紅姐手下和小盧手下揪住莎莎老闆和閔叛徒，正要塞進車裡，警笛大作，像從地底下冒出的，

警車已從四面八方包抄來，小盧暴躁地說，誰他媽報的警！眾人不解，都說沒報警，員警已端槍衝出，吆喝著舉起手！閔叛徒突然喊道，我是來自中國的閔，這些人要殺我！張揚見狀鬆了口氣，他們不知道是他續鐘上廁所時報的警，他說等會兒有綁架，叫員警儘快埋伏在附近，中國的閔叛徒也會來，員警一聽閔叛徒就來了精神。

眾人全被帶上警車，煙消雲散了，張揚才出來，在星光下沿大路跑向十公里外的青旅。想起終究嫖了，心內失落，加快步伐，直到喘得跑不動才停下慢慢走著。沿路除了原野別墅，盡是車行，欄杆後臥著兩層摞起的長排小車，大得驚人的sale或800、2000的字樣貼在車身上。

負罪感很快像層薄紙被捅破了，我找的是莎莎，怎能算嫖？

剛才莎莎的身體，暗紅的小燈，屋裡的香氣，仍像美麗的紅霧繚繞著張揚，莎莎雖裝扮濃豔，但典雅靜美，露著涵養。張揚在澳洲原野般的公路上吐納著原始的空氣，精神清爽，愉悅與感激在血管與淋巴中活躍著，將毛孔撐開，漫溢到宏大沉靜的夜中。

天像浩渺的舞臺，舒展至無窮遠。他回想長沙，只有瀟湘中路散步道的夜空有這野曠天低的開闊。無數星星像演唱會觀眾的數不盡的閃爍的螢光，望著張揚邊走邊從靈魂中無聲熱烈地表演著。

張揚聽著蟲聲，想起小時候蹲在樓下小片雜草裡，翹起一個個磚頭，突然跳出一隻蛐蛐，他跟著蛐蛐跑，屏住氣到它背後，撲著按住，塞進紮透氣窟窿的塑膠瓶裡，夏天一下午能抓四五隻，把黃瓜切成小丁塞進瓶口餵它們，養好多天，最後往

往因互毆而死，或被張揚抓出拔掉後腿，看它爬的滑稽樣子折磨而死，有時也和同樓小孩兒把幾隻蛐蛐穿在狗尾草草莖上，生火烤了吃。

回去已凌晨三點，第二天有課，才睡一會兒又起來了。坐M224公交經過步行街口，卻見小盧跟打手大搖大擺走著，張揚低下身子，想，怎麼一夜就出來了，是保釋還是無罪釋放了？

中午，張揚上完課走到公交站牌，準備回市區，卻見一個穿著火一樣紅的裙子的女子，攔住他上課的教授露絲，焦急地辯駁。走近竟發現是施雪純。

施雪純比之前瘦了，又曬黑了些。施雪純說，你確定被領走了？露絲說今天上午剛領走，她來我家就不停地哭，不好好吃飯，一直說找媽媽，我們錢也沒要回，早知如此就不領養了。

施雪純慨歎說，還是晚了一步。

張揚過去打招呼，露絲說，張，你們認識？那你們聊，我走了。張揚問，你認識我老師？施雪純說，她收養過我女兒。張揚一驚，你——女兒？

施雪純說是的，我來澳洲其實是找女兒的，莎莎今早打我電話，說剛從警局出來，見到紅姐了，還留了紅姐電話，我從紅姐那兒打聽到收養我女兒的是露絲，但紅姐說對方放棄了領養，約定今天上午派人接孩子走，叫我儘快找露絲，沒想還是遲了一步。

張揚恍惚著說，莎莎聯繫你了？她在哪？

施雪純說，應該和閔叛徒在一起，以閔叛徒情人的名義被

保護居住了。

張揚說，你有個女兒，真難想像，什麼時候生的？施雪純說四年前，張揚問和誰？施雪純卻說你稍等，然後撥電話說，紅姐，你把接走孩子的人的電話發我。又對張揚說，我趕時間，來不及解釋，說罷按住手中的鑰匙，附近一個車響了，張揚說你買車了？施雪純說是房東的，等塵埃落定了再和你聊。說完鑽進車裡，從張揚身邊駛過，張揚發現後座有個戴墨鏡的人，身子筆挺，如一尊蠟像，就想起傑森說過施雪純的房東是盲人。

傑森走後，張揚有幾次想打電話問候，一直沒打，似無從開口，難道年齡大了，朋友就不像小時那麼容易交了，以至於不在同一個城市，就難再持續友誼了嗎？

張揚想起大學玩的好的兄弟，許久沒聯繫了。大學到現在一直聯繫的竟只有樸茜。樸茜也好幾天沒打電話了，前一陣不是這樣的，他竟沒注意到。一絲歉然滑過張揚心頭。國內天氣應該轉涼了吧？

回到青旅，給樸茜撥微信視頻，樸茜接了，反應淡淡的。張揚問你幹嘛呢？樸茜說我在家，剛吃完中飯，要睡一會兒，張揚說，這幾天怎麼不聯繫我，樸茜說，你不是不喜歡聯繫？

樸茜雙目無神，抹著口紅，閃閃的像施雪純的衣服。樸茜以前不怎麼打扮的。張揚並未多想，只說，我很快就放假了，一放假就回國。

樸茜這才像夢醒一般，翻身趴著說，你要回來了？張揚說你不願意？樸茜哦了一聲問，什麼時候？張揚說還沒買票，我現在就買。

張揚對樸茜說買好了下週四的票，樸茜說這麼早，張揚說，下周課就結束了，你不想讓我回去嗎？樸茜忙說，傻瓜，我天天都盼你回來的。

6

得知張揚要回國了，樸茜又高興又恐懼。李情依舊不斷地
騷擾她，像一匹馬力強大的機器，毫不疲倦地每天問候，樸茜
有時也回復，但盡量不多說。奇怪的是李情彷彿完全不在乎，
一如既往地活力飽滿。

樸茜心思紛亂。一定不能再見李情了。

有幾次想刪除李情的微信，拉黑他電話，但臨操作之前卻
停下了，彷彿白白受了辱，不能就這麼拉倒。李情肯定不會覺
得失去了什麼，她卻不一樣。——然而，難道要繼續下去？

樸茜亂了方寸，眼前常閃現李情的神情和話語，尤其晚上
關了燈世界暗下來後。巨大的愧疚壓著樸茜胸口，只有坐起來
才能吸氣順暢些。

她想把近些日子的經歷抹去，可是根本抹不去。她本來
喜歡睡前聽歌，近來卻不敢聽任何傷感的歌，連歡快的也不敢
聽，彷彿神經過分脆弱，歡快的歌也能讓她一聽就想哭。

她想起蓉蓉。蓉蓉那麼墮落，卻活得自在，蓉蓉也會矛盾
或痛苦嗎？我晚上承受的這些她也會承受嗎？估計不會。但她
是怎麼做到的？我能不能也像她一樣輕裝上陣？

每次樸茜想鼓起勇氣做一些改變，就會騰起巨大的危機
感，彷彿身體要瓦解成碎片，忍不住奮力要把自己重新聚攏，
裹著被子縮得小小的。折騰累了，她也會納悶，雖然常跟蓉蓉

接觸，蓉蓉卻像個不真實的幻影，這麼個如花似玉的麗人如此的活法，竟想得通，這到底是灑脫還是墮落？

她挺佩服蓉蓉，但又理解不了。像在兩個懸崖之間，每邊都有扎實的土地，但她卻在中間吊著，忍不住想往下墜。

有天晚上，樸茜下了狠心，堅定地把李情的手機和微信號拉黑了。做完這個舉動，她打開窗戶，冷風捲進脖頸，她裹緊了睡衣。已至深秋，楊樹和槐樹的葉子已開始凋落。她拉上窗簾躺下了，像紮了一身的刺，怎麼翻都沒法抹平或拔出來，胸口的那根最難受，但又不是疼，而是一直梗著，怎麼揉都揉不下去。

她刪了李情卻並未獲得解脫。有些東西依然像體內難以除碎的結石，任她纏著被子翻騰歎息著，卻搖不碎。電話像刺耳的驚雷聲響起，劈開了狹小的囚牢般的臥室的空氣。是個陌生號。李情？一定是。不接。

樸茜盯著螢幕上的一串數位，被震耳的鈴聲憋著，彷彿再不接鈴聲就斷了，生命之火就滅了。她搶救似的接起了，大聲說喂，卻是個陌生男人，粗魯地問，你是她的朋友？

樸茜摸不著頭緒，她說你哪位，卻換了個女人的聲音，我蓉蓉啊！

樸茜摑了摑臉，哦，蓉蓉！蓉蓉慌裡慌張地說，我涉嫌賣淫被員警抓了，他們說可以給錢私了，不然要拘留，趕緊給我送五千吧，回頭還你，就在上次的牌館。

樸茜猶疑著說，你沒告訴張曉嗎，我住得挺遠的，再說這麼晚了──，蓉蓉急匆匆打斷，我跟張曉說了，別提了，都說女人間友誼不靠譜，我算領教了，她非但不借錢還電話裡奚

落我別再亂搞，我一聽火了，我亂搞是為我兒子，我老公掙那倆屁錢三口的飯都不夠，我兒子成績好報補習班一年三萬的，不亂搞哪來的錢供他，張曉沒結婚不懂，這幾天也沒見她上瑜伽，指不定又跟誰浪去了。

樸茜這才想起，那次張曉哭訴之後還沒見過她。

樸茜說，張曉失戀了，興許還在難受著，蓉蓉說那你快來罷，不來我拘留定了。

樸茜雖不情願，仍答應了。街上清冷，地上的落葉在暗黃的路燈下打著卷兒翻滾著，走進牌館，員警正詢問女老闆，老闆說我不知情，裡屋是我睡的地方，誰知他們進去幹這事的。

員警還沒說話，便聽蓉蓉在裡屋吼著，少來，我真刀真槍的辛苦錢被你盤剝了一半，你個狗操的自己怎麼不上，瞧這單子髒的，被多少男人的臭汗和精液污染過，兩搾寬的床連翻身都沒法翻，操著都怕掉下去，你說睡這兒，哄誰呢！

老闆也在外頭扯了嗓門說，是你自己不正經，喜歡賣逼。員警喝道，耍賴也沒用，一樣罰五千，不交就跟我們走。

老闆翻白眼嘟囔著，你們員警證都沒給看，誰知道真假。員警拍著桌子拍得老闆一震，你什麼態度，真想進所裡呢！員警證我們一定要隨身帶嗎？說著指著自己肩膀，這是國徽看見沒？員警是你隨便冤枉的？

樸茜看這架勢，戰戰兢兢上前說，我是屋裡女人的朋友，來給她交罰款的。員警點開手機二維碼說，掃吧！樸茜瑟瑟縮縮轉了五千，員警說你可以走了。樸茜說我朋友呢？員警說我們還得問她幾個問題，樸茜覺得蹊蹺，問，沒有收款票據嗎？員警說什麼票據，寫著賣淫罰款的票據？還想報銷？樸茜忙搖

手說不是這個意思，員警說那還不滾，目光鋒利如刀劃向樸茜，樸茜就揉揉眼走了。員警在背後說，年輕輕的幹什麼不好，非當雞。

樸茜無地自容，逃跑似地回了家。在樓道外掏門禁卡開樓門，卻發現地上角落裡一團黑黑的，拿手機一照，竟是一大束玫瑰，黑紅得像失色多日的大團的血，還有一張卡片，樸茜好奇地打開，竟寫著樸茜我愛你，李情。

樸茜頭髮像著了火，所有頭髮都燒了起來，眼眶沸騰著，李情這個陰魂怎麼知道我住在哪棟，一定跟蹤過我，變態。樸茜嘟囔著變態，鼻子又熱又酸，在沸騰的淚水之下向外噴著熱氣，在原地跺腳轉著圈，嘴噝噝吸氣像孤獨地搖著樹梢的秋風。她找回拉黑的李情的手機號打過去說，你怎麼這麼不要臉，李情說，我老是找不到你，就買了些花放你樓下了，盼你是第一個發現的人，沒想到真被你第一個發現了。

樸茜似哭又似笑地說，我怎麼這麼倒楣，我這輩子會毀在你手裡的。樸茜想不到李情如此地鍥而不捨，深自慶幸沒有把關係徹底弄毀，沒有把他得罪太狠。她說，我老公後天就回來了，李情說，今晚再見一次，最近就不聯繫了，你放心，我不毀你。樸茜問你在哪，李情說在你社區門口。

樸茜又忍不住流著淚說，你動作真快，就是這點讓人無法抗拒，之前我老公也是，他現在早不這樣對我了，沒想到你還這樣。說罷慨然一歎，撿起了玫瑰和卡片，有秋雨般飄落的梧桐葉打在她的肩上，滾落在地，她裹緊衣服孤獨地走出了社區。

第三章

1

張揚中午下的飛機，樸茜正上班，讓他自己坐大巴回家。張揚拿著行李出來，有個高挑的盤頭髮的陌生女人上前問好，張揚以為是推銷或傳銷的，拖著行李繞開了，女子卻追上問，你是樸茜的老公嗎？張揚說是啊，停下詫異地看著這女子。她穿暗綠短羽絨襖，白毛衣長長地蓋住黑線褲的臀部，臉白得透明，她笑著說，茜兒今天上班，張揚說我知道，她說，茜兒讓我接你到我家坐坐的。

張揚不解地問，她怎麼沒跟我說？女子卻並不解釋，白淨的小手揣進口袋，筆挺的腿加上高跟鞋的鞋跟幾乎是上身的兩倍長，屁股從毛衣下圓繃繃翹起緊而光滑的一段弧線，說，我開車來的，走吧。

張揚雖仍疑心這女子是騙子，卻想，就算是騙子，也認識樸茜，不妨看看怎麼回事。女子身材性感，五官標緻，張揚心中怦動著，跟著出來了，女子打開一輛車的門，坐進駕駛位，張揚和她一起坐在前頭。北京機場外的弧形橋交錯凌亂，天像車窗的玻璃一樣蒼白，陰陰的看不出深淺。

張揚問，真是樸茜讓你來的？女子說，我和她是瑜伽同學，她前幾天打電話告訴我你今天坐國泰的航班，我湊巧來機場，順路接的你。張揚問，你怎麼認得我的？女子說，你那麼有名，樸茜老是提你，我們學員都知道的。

女子濃厚的香氣充滿車廂，鑽進張揚的身體，張揚歪在座位上卻有些冷，他仍穿著在澳洲的夏裝，本打算下飛機就去廁所換衣服的。女子彷彿知道他冷，打開空調暖風。張揚問你叫什麼，女子說我叫張曉。

　　車出了迷宮般的機場，在筆直的高速路上飛馳，張揚心裡七上八下的，卻未告訴妻子。他跟張曉進了秦皇島市區，拐進秦皇社區，過了幾棟瘦高的樓，在盡頭一座六層的沒電梯的老樓前停下了。張曉說到了。

　　樓前是僅夠三人並肩的窄過道和紅磚老舊的社區圍牆。張揚跟她進了一個單元，張曉住一樓，一開門是搖搖晃晃的客廳，房頂和地板都像不是水準的，廳裡貼著淺粉印花牆紙，牆紙間隙有黑黑的濃塵，有一處撕下了一撇，像半掉不掉的牆灰。窗外生銹的欄杆外是剛才的過道與圍牆，擋住了視野，使客廳幽暗。

　　張揚問，這是你家？張曉說，我一個人從昌黎老家來到市里，已經三年了，這是我租的房子。張揚見廳裡有舊沙發和玻璃茶几，電視櫃上卻沒電視，廳前有小走廊，廊中三扇棕紅的門關著，像臥室。張揚問，你一個人住？張曉說，是，你餓了嗎，我給你做飯吃。張揚說不餓，在飛機上吃了的，只是好累，飛了十五小時，在香港停了倆小時，一夜沒休息好的。

　　張曉換了拖鞋，走進一扇棕紅色的門，張揚聽到嘩嘩的水聲，像雨點打到胸口似的緊張，過一會兒屋門悄然開了個縫，張曉說你進來一下。

　　張揚提著飛跳的心走進了屋子。門邊有廁所，屋裡光線極暗，張曉裹著浴巾坐在床上，浴巾從胸口飽滿地擠向中間，兩

條細白的小腿交錯在浴巾下，翹著一隻精緻的腳，另一隻腳踩在紫紅鴨頭鞋上，略略轉身，側對著張揚。

張揚輕微地尖呼，張曉扭一下說，這幾天練瑜伽腰背酸痛，你幫我看看。

張揚仍站在門口，屋子另一頭的玻璃門上貼著砂紙，擋去了大半光線，外面陽臺上的幢幢黑影映在玻璃門上，是堆著箱子，挨著推拉門有矮桌和主人椅，屋子如黃昏一樣暗，卻並不冷，空調笨重遲滯地響著，像從來沒關過。

張曉說，你都結婚了，幹嘛還這麼扭捏。張揚咽著唾沫坐在張曉旁邊，張曉指著肩胛說，這裡。張揚盯著她柔滑的脊背，伸手點了一下肩胛的凸處問，這裡？張曉嚶聲一顫，說，揉吧。張揚說，不知道該怎麼揉。張揚褲襠裡的東西撅起老高，他伸平四指憋住氣，在張曉暖而潔白的後背亂壓著。

張曉說，國外很開放吧？張揚說，根本不是，白人看不起亞洲人，中國人卻又魚龍混雜，加上人煙稀少，很難交到朋友，我只忙著上學和打工了。張曉問，但人們怎麼都說外國開放。張揚說，他們的社會包容度確實開放，但很少有白妞和亞洲男人談戀愛，白人男的卻因為看不起亞洲人而專愛找亞裔女。

張曉打開了床頭燈，明亮的光圈外是青森森的寂靜，張曉性感的身子坐在光圈邊緣，張揚說你不冷？張曉轉身正對張揚，撩撩頭髮，睫毛忽閃著幾乎貼到張揚的下巴，胸像快要撐破毛巾滾進張揚的懷裡，張揚頭暈眼花，像要從噩夢中掙脫似的猛然起身說，是樸茜搞的鬼吧，她躲在哪兒，叫她出來！說完心裡透亮了許多。

誰知張曉一聲怪笑，打量著近在咫尺的張揚，取出手機，伸出纖手遞給他，你看這是什麼。

張揚瞟一眼，立刻被畫面所吸引，第一張照片是個女人被男人摟著立在車邊，第二張是男人親這女人的臉，第三張是男人開了車門扶女人鑽進去。稍一細看，心就像被電擊了一下，——這不是樸茜？

真是樸茜。

那男人卻不是張揚。——樸茜在幹什麼？

不祥的陰雲迅速蕩開。張揚來回翻照片——先摟，又親，然後鑽車裡，——張揚猛跺幾下腳像要踩掉什麼，手機鎖屏了，他焦急地遞給張曉說再打開，打開又看，暈暈乎乎看了好一會兒，才像看明白了。

怪不得先前老打電話，最近不打了。媽的，媽的。罵聲像雷聲轟著張揚的心口，沒想到她竟這樣對我。

張曉冷笑，人心隔肚皮，別看是你老婆，你未必瞭解。張揚想不通，他問張曉那男的是誰，究竟發生了什麼，張曉說，你怎麼不問問你老婆，發生了什麼你不會用腦子想嗎？

張揚的眉眼縮在一起，恨聲說，肯定背叛我了，不然怎麼會讓人親，表情還毫無躲閃。張曉譏諷說，都說女人出軌最後一個知道的是老公，一點不假。

張揚逼視著張曉說，加我微信，把圖片發我。張曉發了後，張揚又看了一會兒，看清這小子一身小藍西服和黑休閒褲，梳個向後的油頭，張揚無限惋惜似地說，狗男女，叫我發現一定打殘他的狗腿，張曉劈頭便說，我也巴不得你打殘他，打死都不虧。張揚又不免詫異了，正要說什麼，張曉的浴巾卻

彷彿自動掉落的，一具白得晃眼的身軀剝落出來，身材雖小，胸卻白淨赤裸地向前沖著，像要從身體上掙脫。

張揚像進入從未體驗過的境地，無法思想，憤怒未消本能卻仍在，這時更強了。他哆嗦著嘴皮不出聲地仍罵著，雞巴卻在身心的衝突下挺得像一杆抗訴的旗幟，他兇狠地撲上去對準張曉，在她耳邊逼問，你到底要幹什麼，張曉被張揚壓在身下，喘著粗氣，目光卻挑釁似地斜視著張揚說，要打抱不平，要讓你看清現實。

張揚身下是軟綿綿的向上頂著他的張曉，像一股滾燙的波浪，白得沒有雜物，陰毛卻極濃郁，像老農的山羊鬍子，矍鑠地對著他。張揚開始脫衣服，每脫一件就像丟失了些什麼，心口和頭頂暗沉沉的，進去之後把頭別過去，不想看張曉也不想親她，她的叫聲讓張揚清醒地知道自己在幹嘛，可張揚彷彿一點也不願意幹，雞巴和腦袋同樣清醒，任憑怎麼推進或抖擻，都直挺挺甩不掉任何精液，迎不來任何快活。

張曉的呻吟連成高低交錯的長號，張揚心中卻說，去你媽的，拍打得更猛了，心裡卻幻想著樸茜與別的男人翻滾在床，幻想著自己拚命地往家跑。

樸茜發現張揚沒回家，給他打電話時，他正枯坐在張曉的主人椅上，張曉從面膜袋裡撈著剩下的汁液往臉上的面膜上拍，張揚先是不接，接著關機。過一會兒張曉手機響了，仍是樸茜。樸茜問，我老公今天回國的，我聯繫不上他，你見他沒？張曉從面膜後發出一聲譏笑，望著主人椅上的張揚說，茜姐，我正敷臉呢，我怎麼會見你老公，難不成他回國是找我的？

電話那頭的樸茜忙說，不是這意思，我挨個打過熟人的電話，仍找不到，才問的你，張曉說，看來我們還不夠熟，樸茜說你誤會了，算了，我再找找。

張揚聽張曉講話刺耳，問，你是樸茜的朋友，按說應該幫她，所以我不明白你究竟有什麼企圖。張曉隨口說，想跟你出國唄，不如你跟她離婚帶上我走，我下得了狠心，比她強。

張揚嘀咕，原來如此。但聽張曉的口氣又不像認真，而始終像隱藏著深深的嘲諷。

張揚說，不管咋說她是我媳婦，說她不好也是我有權說，還輪不到你。

張揚去浴室洗淨張曉的體味，在廳裡找到一盒沒抽完的煙，點起對著自己熏了一遍。

天已擦黑，張揚穿好衣服問，你不會告訴樸茜罷？張曉從臥室出來，壓抑著激動說，你對我好一點，我就不告訴她。張揚板起怨恨的臉走了，樓道裡漆黑，他回頭看時，張曉站在門口不動，似在黑暗中凝望著他。

2

張揚一回去樸茜就抱住他說，怎麼這麼晚才來，爸媽下樓遛彎了，你給他們打過電話沒？

張揚淡淡地說沒有，推開樸茜，拎起箱子進了臥室。

樸茜進屋看著張揚往外掏東西，蹲下來幫他，張揚說不用你管。樸茜嘟著嘴說，中午就到了，為啥現在才回來，下午幹啥去了一身的煙味。張揚說瞎逛了，樸茜說，回國了卻不回家，還一回來就冷著個臉。

張揚把一大摞論文資料抱去書房的桌上，疊好衣服塞進了臥室衣櫃，把箱子立到牆角。樸茜說為什麼不說話？張揚說沒有意義了。樸茜說要什麼意義，過日子冷著臉就有意義？人說不吵架不算好夫妻，何況我今天又沒跟你吵架。

張揚定定神，疲倦而哀傷地坐到床上，拿出手機打開三張照片，正眼瞧著樸茜說，這是什麼？

樸茜臉一下煞白，眼珠都不會動了。

張揚撥楞一下樸茜的腦袋，你說，是什麼？

樸茜鎖著眉像根木頭，突然卻說，傻子，那只是熟人，有一天吃飯送我回來的，這人手腳不規矩，別的什麼都沒有過。

樸茜仍去摟張揚，張揚卻一把撥開了喊道，你騙誰，你真當我傻嗎？樸茜的胳膊在半空僵著。張揚說，你肯定和他搞了，咋搞的，在哪搞的？

樸茜驚慌地才要說沒有，張揚已歇斯底里一般沖過去掐樸茜脖子，但才要使勁，手卻硬住不動了。他從沒對她動過手。他眼裡有一團凝固的火像要把他凍裂，樸茜哀號著說，掐死我吧，讓你打電話你從來不打，我一個人過的什麼日子！張揚喝問，所以你就幹這事？

張揚搖晃樸茜肩膀，幾乎把她脖子搖斷，樸茜控訴般地喊叫，我沒有！張揚顫抖著拿起手機，那這是什麼！樸茜哇哇大哭，我解釋過了，不信拉倒！

張揚仔細觀察，像拿不准信還是不信。又說，沒有你哭什麼？他攤開手痛徹地說，我沒理你是因為我忙，不代表我就——他腦子裡突然出現張曉和莎莎的形象，但就跟沒她們似的，照直理直氣壯地說，——我就幹了對不起你的事啊！

張揚抹著臉在屋中踱步，每踱幾下就問一句。樸茜呆呆的，張揚越逼問，樸茜越像陌生人似的瞪著他。張揚踢一下沙發腿，像棵被狂風搖撼的無法自持的樹，樸茜嘴都白了，她說你嚇死我了，張揚說，嚇死你了？你還絕望死我了呢！

樸茜像在思考，她冷靜地說，別想了，根本沒有。

張揚像沒了力氣，倒在床上。樸茜趴到張揚耳邊說，我是你的，說罷親張揚的耳朵，張揚不動，讓她親，她把張揚衣服脫光了也脫自己的，把張揚不爭氣的雞巴塞進去騎上，張揚先躺著不動，接著翻身把樸茜按住，他非常看不起自己，完了，完了。他像幹別人的老婆一般刺激，但這僅僅是一瞬，很快他就被憂愁衝垮了，被記憶和現實衝垮了，厭惡是如此之強烈，乃至他正激烈地動著突然就軟了，他蹭楞爬下床跑去廁所就洗雞巴。

父母遛彎回來，發現他回國了，媽媽激動地說，回來了也不說聲，快叫茜兒給你做飯！他爸雖在後頭默然著，臉上的皺紋也舒展了。張揚卻像暴風中的樹，風暴突然停止，樹頃刻不動了，狼狽地站著，他說，有同學喊我出去吃，然後就穿起外褲和羽絨服出了門。

3

　　街上蕭索，八點多已人跡寥寥。張揚騎著電動車在冷風中溜達，風灌進脖領袖口，回來已十二點了，樸茜仍沒睡，拿著手機坐在床上，蜷伏著像個受傷的兔子。她放下手機，臺燈映著她憂愁的大眼。張揚內心不平靜，惡聲惡氣地說，你發呀，咋不發了？樸茜說我什麼都沒發。

　　張揚過去奪她的手機，樸茜急了，拼力爭奪，滿眼驚恐，手機被張揚奪走了，他查她聊天記錄，有和張揚父母的，還有和幾個女的的，包括蓉蓉。樸茜問蓉蓉放出來沒有，蓉蓉說出來了，過幾天蓉蓉又說出事了，樸茜倆小時後回復她的，蓉蓉卻沒再說話。

　　張揚沒得到證據，煩悶地陷進沙發裡，像陷在深淵中，窩了一會兒，終於拍著扶手起身，臉像飄落的樹葉一般慘黃，嘆氣說，誰想看你那玩意兒，一切只讓我噁心。

　　夜裡張揚背對樸茜躺著，神經像連了電線，一直緊張著。直到兩點多才在疲倦中沉沉地合上眼，又過一小時才像拔去電源，頭腦鬆懈地失去了意識。

　　一覺睡到第二天下午，做了個很長的夢，清晰地記得，醒前自己在一個環形圍廊裡，窗外是昏黑的街道，圍廊中有老外打架，有人矮在牆角吸大麻，拐一個彎是一張床，張揚躺下了，樸茜卻爬上來，親他脖子摸他雞巴，張揚問你愛我嗎，樸

茜說愛，張揚的雞巴就進去了，樸茜的洞卻變大了，張開成一座房子，竟是一個男裝店，有一件大衣被人剛試完脫下了，張揚也想試，不知怎的卻躺在地上後背頂著地，伸開胳膊轉著圈，像被翻過來的旋轉的烏龜，最後手扒著門框終於爬起，腰極酸痛，穿上大衣，大衣卻裹緊他，脫不下來了，並且延長到腳上，還在地上往外延伸著，他徹底走不出這衣服了。這時一切卻都卡斷，他睜開眼，窗簾開著，每一處角落都反照著透亮的光線，他向右扭頭，樸茜正睜著大眼看著他，他正枕著樸茜左臂，他想起了昨天的事，轉回現實，情緒消沉地移開了妻子的手臂，閉上眼想重回夢的衣服裡，看接下來能不能掙脫它，夢卻定格在那一刻不走了。

張揚爬起來翻冰箱找吃的。樸茜到廚房給他盛早晨剩的米粥，張揚奪過碗說我自己弄，端著粥和饅頭和菜碗去書房插上了門，吃完開始寫論文。

澳洲暑假四個月，雖已放假，每科的大論文卻還沒到交稿期限，每篇要讀幾百頁教育學作品，他列印了抱回國，在書房對著資料整理論據，蜷曲的字母越來越暗，才知道天已黑了。

張揚像黃昏的光線一般。信仰塌了，忠誠與信任等美好的事物從昨天起全都粉碎了，要重新構建。

張揚也痛恨自己。他想不通，自己也出軌背叛了樸茜，憑什麼還怪她。

但他遏制不住對樸茜的厭惡，不想見她，一見她就內心失衡。他像一座廢墟，甚至會猛然什麼都想不起來了，像颱風後一地的碎片，只有妻子出軌這個赤裸的事實，十分巨大，蓋過了一切。

長時間的呆滯中，張揚有時會想起大學時支離破碎的片段。進大學他沒讓父母送，他來南方就是為離家遠，更自由，高中酷刑般的折磨他早受夠了。室友都是父母陪著來的，只有他獨自扛著兩個拖箱一個背包來到宿舍。大三的學長到寢室點名，張揚性格開朗，主動幫忙，學長卻以為他想向某種東西靠攏，就給他派活兒，叫他通知軍訓，帶他查寢，他不好意思推卻，學長宣布他為班長，勸他加入共產黨，帶他拜見輔導員，參加年級幹部會議，與會者全帶著打聽緋聞似的神情，目光像狼一樣野心勃勃的，張揚很反感，這些模棱兩可、非生活化的東西讓他不舒服。

　　軍訓開始，張揚像被綁架了，做著在他眼裡毫無意義毫不真實的事，眼見大學的人被耍得團團轉，卻沒人質疑。人們努力尋找虛假的歡樂，卻對本來存在的樂趣視而不見。張揚很壓抑，看不到青年該有的充滿理想與創造力的生活。社團串寢室招人，有科技協會、人文協會、英語沙龍、機器人協會等等。張揚興致盎然，但當招新者說社團在學社聯有多少年的歷史，參與社團可以在評比中加多少分，如何拿獎學金時，張揚又氣餒了。科技社不談科技興趣和創造，人文社不談人文旨趣與精神。隱約卻總有個看不見的上峰，無處不在，人們所有的談話都暗示和指向著它，在對它負責。

　　有室友說喜歡數學，張揚說那咱組織個數學社吧，室友竟很吃驚，說，學社聯已經有數學社了，我們去哪登記？張揚說，幹嘛登記，純粹為了興趣組織不行嗎？室友說，那誰會承認它？張揚也吃驚了，幹嘛要叫他們承認？他不理解室友，室友也不理解他。只有愛情，才是他和別人所共有的、所共鳴的

真實感情。他被周遭的虛偽壓抑著的心靈，沒有出路，全部湧向了愛情。樸茜也是大一新生，才來幾天就找到附近的移動銷售點做起了兼職，軍訓前，樸茜串男生寢室推銷手機卡，遇見了張揚。樸茜也是數計院的，是會計系的，也是北方人。樸茜穿著短牛仔褲粉短袖，紮著爽利的辮子，雖為北方人，皮膚卻像南方姑娘一般細白。張揚見到很多不化妝的長沙女孩，膚質全是比護膚品都白，像半透明的瓷，細膩無瑕。樸茜有著北方女人的憨直、潑辣，也有青春期女子的羞怯、敏銳。張揚身在他鄉，倍感孤獨，他惦記樸茜，尋各種理由給她打電話，竭力不讓她發現他喜歡她，每次都帶著隱秘的狂喜。彷彿春天剛到來，滿世界是花和樹的嫩芽，心像放飛的蝴蝶，身體像舒展的流雲。但張揚壓抑不住了，有天晚上站軍姿訓完話，——張揚是班長，要配合教官對同學訓話，他裝模作樣地扮演著角色，搞不清這些假話的意義——，和同學吃夜宵，在地攤上喝悶酒，借酒氣跑到女寢樓下硬打電話把樸茜喊了下來，對她訴說衷腸，因為喝得太醉了，不記得當時說了什麼，只記得跌在地上握著樸茜的腳不讓她走。樸茜設法聯繫張揚班的同學把他抬走的。

第二天，張揚對昨晚的失態懊悔不迭，這事卻在幾個班的學生和教官間傳開了，張揚也終於不想再演了，何苦呢，我上大學是求索人生來了，為什麼要過不認可的生活，忍受折磨？他跟大三學長辭去班長職位，學長含糊其辭沒同意，讓他先幹著。他開始請假，八點軍訓他七點五十才跟教官發消息說身體不舒服，他用自己和室友的借書卡一次從圖書館借許多書在寢室如饑似渴地讀，想找到生命應有的道路與意義，書讓他激

動，像從生命的某個側面捅進一刀，讓他見到了真相，但又不全面，他越看越不寧，對人生既憧憬又迷惑，每到傍晚他就格外憂傷，他被抹掉了班長的職位，導員和教官在班會上批評了他，但他逃會沒有去，聽說了此事心中卻十分輕鬆。隱藏著的對樸茜的祕密已然洩露，他不想放棄，索性放開手腳去追她，給她寫信，傾訴思念，一天一封，用快遞寄給她，並約樸茜逛街，樸茜起初抗拒，慢慢地肯見張揚了，但既不拒絕他也不答應他。

　　過了快一年，張揚才和樸茜有了身體的接觸。那是在湘江邊，他們正走著，下起了毛毛雨，張揚又一番傾訴和遭拒後，十分頹喪，直接撲上去抱住樸茜，樸茜只抗拒一般地扭了扭就不動了。事態出現了轉機。張揚當晚甚至吻了樸茜的嘴。樸茜一直不答應確立關係，然而張揚捧住了她的臉，吻上她的嘴後，她就像被什麼附體了似的，主動把舌頭伸進了張揚嘴裡。張揚腦袋轉不過彎來，既緊張又迷惑，但他立刻接招了，纏住了樸茜舌頭，甚至摸了樸茜的胸，樸茜不推開，身子還挺起來配合他。這和張揚設想的正派美好的戀愛以及心靈的幸福完全不同，這甚至是另一種東西，是潛伏在身體之下的深夜要求發洩的東西。張揚只幻想過和別的女人，他喜歡樸茜，不能容忍自己幻想她。

　　張揚有些失落，但第一次接吻感覺還是很不錯的。可是樸茜依然不承認他們的關係。這算什麼？不過，管它呢，既然她願意，我一個男的又有什麼不願意的。張揚一拍腦袋像明白了，從這個角度得手竟然這麼容易。但張揚覺得自己在利用不好的東西搞鬼，他感到，這是他和生命中純粹的自我的一次重

大告別，是對純粹的自我的一次重大背叛，和軍訓時與他們勾搭著當班長說假話同樣嚴重，但由於是在男女相愛的幌子下，就沒能讓張揚足夠清醒地意識到，然而卻在多年之後給了他生活不如意、婚姻不幸福的惡果。

從那以後，張揚和樸茜經常上演激情，但張揚不甘心，仍追求關係的確定，樸茜要麼不同意，要麼閉口不提，見樸茜快不理他了，張揚又趕緊用激情穩住她。又過了兩個多月，樸茜嘴上才同意了。樸茜戳了張揚一下說，我跟你走的這麼近了，你還問這個，不是男女朋友是什麼？張揚問，那你為什麼一直不同意？樸茜說，要不說你腦袋不開竅呢！張揚想，不是我不開竅，而是我不認同。

往後的日子裡，越發體現出他們相互的不認同。樸茜是潮流大軍的一員，緊隨周圍人腳步，張揚卻是不愛輕信、願意把事情想明白的人。流行什麼樸茜就自動地做什麼，張揚和樸茜在一起，強烈地感到不是在和她談戀愛，而是在和當下社會談戀愛。每個節日樸茜都要他買禮物，張揚必須記住日期，沒買禮物樸茜會大發雷霆，一直念叨到下個節日，如果再沒買，樸茜就要跟他決裂了。在張揚心裡，節日是單純簡單的讓人快樂的日子，卻被樸茜弄成了嚴肅而必走的形式，與張揚厭惡的大學學生會學社聯的那幫孫子一個德行。

只有做愛時，樸茜才彷彿不是虛偽社會的投影，而是回到了她自身，發出的也是自己深處的聲音了，那原始而有魅力的聲音，讓張揚既刺激又感動。他們第一次做愛是在大二暑假，張揚的室友回家了，他經常讓樸茜到他宿舍裡住。張揚只想和樸茜做愛，不想和她幹別的，因為相互間的不認同讓張揚很憋

屈。張揚開始變得消沉，對周圍的人和事，本來不能忍的，漸漸也可以忍了，樸茜是學生會學習部部長，一開會回來就絮叨學生會的勾心鬥角，讓張揚安慰，部長，聽著都可笑，跟中央政府的高官似的，但他們不笑，還很嚴肅，一群神經病，不笑就不笑吧，張揚慢慢也不笑了。他越來越包容，心卻越來越遲鈍，每天掰開樸茜的雙腿操一次，雖仍不滿足，但已沒有了再度尋覓的決心。

晃晃蕩蕩，吵吵鬧鬧，過完了大學四年，四年交過幾個朋友，他們都是純粹的清醒者，但在大學，這些純粹的心靈沒有一顆過得釋然的，他們經常聚起來喝悶酒，有時吃宵夜到凌晨三四點，罵它個一夜，但也只是罵而已。樸茜和張揚鬧過幾次分手，張揚並不刻意挽留，樸茜惱了，殺回來一番爭吵，兩人又繼續，分也分不了，好也好不成，四年下來，雖磕磕絆絆的，卻成了老熟人，不如意的地方很多，情誼卻變深了，畢業臨走，張揚尋思來去覺得不捨，雖然談得很累，但依舊決定不像流行的那樣，一畢業就分道揚鑣，而是抖擻精神，想用結婚給兩人的關係注入新生命，為自己尋一些生活的動力，也為延續昔日的那段時光。

張揚坐在窗臺上回想往昔，看著樓下小孩在夜色中玩溜溜球。張揚住在這裡很多年了，這是他爸單位家屬院，從他小學畢業蓋好就住這兒了。

張揚想起高中曾暗戀過的叫李泊姍的女生，但每天早出晚歸的生活，一放學就回家，讓他只會心裡想著李泊姍，卻不知該怎麼去做，暗戀在心裡鼓噪久了就衰退了。

他對樸茜也是始於暗戀，但暗戀都是基於不瞭解的，瞭解

後才發現差別巨大，如此說來，是否真地愛樸茜？還是說愛的只是幻想的對象？

張揚躲在書房，一連幾天沉浸在痛苦的感情和思考中。但就像陣痛發作一樣，他難以控制地會想像那三張照片之前、之後的時間裡發生過什麼，眼前有許多不堪的畫面，雖噁心卻忍不住想看清楚，每次想罷都精疲力盡，既吃驚又像仍然離真相很遠，即便絞盡腦汁也補不完整那些個畫面。張揚像掉進了走不出的黑暗深窟，無數次幻想在千鈞一髮的時刻沖到現場，打得那小子爬不起，但張揚從來不和樸茜說這些埋藏在心底的屈辱。

張揚不想跟樸茜同一桌吃飯，每天出門吃完才回家，或等他們吃罷了自己抓剩飯吃。他去太陽城舊貨市場買了折疊單人床，買了兩個圖書館常見的雙面鐵書架，及間平行地擺了兩排，把藏書擺上去，在窄過道背後書房的深處挨著窗放了單人床，每天睡書房。

樸茜彷彿理虧了，服軟似的忍了幾天，但張揚一直不理她，就忍不住了，夜裡敲書房的門，張揚假裝睡著了，但她敲得太久，張揚就開了門，轉身又爬回小床上。樸茜坐到小床邊伸手摸張揚雞巴，張揚躲開說，我這幾天肩膀和後背酸疼，別碰我。樸茜縮回了手，窗外的微光照著她黑黑的影子的輪廓，張揚望著她的黑影說，我沒事，你睡罷。樸茜又坐一會兒，指著張揚說，你就是喂不熟暖不熱的狼，說罷就摔門走了。張揚見安靜了，起身插上門閂又躺下。

第二天晚上，張揚回來，卻遇見樸茜坐在家門口樓道的地上，手揪著頭髮面容痛苦，張揚驚問，你坐這兒幹啥？樸茜木

訥不語。張揚覺得她可憐，開門把她扶進臥室，樸茜卻出溜到地上，拿頭咚咚撞牆，張揚趕緊用手擋她的頭，問，你到底想幹啥？樸茜訥訥地說，我不想活了，張揚心軟，抱住樸茜，拍她的後腰說，別說傻話。待會兒鬆開了，樸茜卻拉住張揚說，我看了個兩室一廳，你瞅瞅戶型。說著打開了手機。張揚淡淡地說，我不瞭解，你自己看罷，樸茜說別這麼冷漠行不行？張揚說，要移民了，你買房幹啥？樸茜切一聲，你說的一點也不現實，張揚說，不現實我出國整這麼一出幹嘛？張揚彷彿自覺多言了，起身便走。

　　媽媽發現他們關係不對勁，曾勸說，樸茜最近長進挺大的，知道做家務了，現在的女孩都難伺候，能包容就多包容罷。張揚想說出實情，卻覺得丟臉，默默回到了書房。他不想在家呆了，更經常地騎電動車到處逛。街上樹葉已枯萎，許多卻未掉下，乾巴巴在張揚頭頂吊著，有些甚至還綠著就枯萎了，像尚在青春就已死去的人們。

4

　　張揚所在的秦皇島，相傳秦始皇曾求仙駐蹕於此，但後來數千年便湮沒于無聞之中了，作為鉤連關外的屯兵重地，歷史多限於軍事的，有雄關漫道，卻無市井勾欄，有長城內外，卻無樂府章辭，有鐵馬金戈，卻無歌舞昇平，上世紀大量東北人遷居到此，秦皇島的方言正是變種的東北口音。人們貪圖秦皇島的景色，一到夏天北戴河的海灘與山海關的城牆便遊客湧躍，但長期在此避暑或生活的外地人卻不多，因它的旅遊業雖自為一體，卻無周邊城市與之輝映，不像海南或雲南，勝景林立，遍地開花。零八奧運前，曾熱傳秦皇島將劃歸北京，當時有一批外地人買房遷入，後來卻說是謠傳，便沒了動靜。這些年經濟不景氣，更少有外地人來了，本地有本事的年輕人也都走了，街面蕭條，白天一眼望去，大多是上歲數的老人。張揚去天洋步行街遊蕩，冬天傍晚的七八點，步行街已人流稀少，只見店面燈火，不見行人絡繹，店員無聊地立在門口，張揚在空蕩的街上被店員盯著，渾身不自在，匆匆就走了。想去海邊，但太冷沒去，海邊當地人多是村民，夏天接送遊客、搞農家樂、賣海鮮和工藝品，冬天沒遊客了，都閟在家裡，使海邊無比的荒涼。近些年，這小小邊城受了舉國地產浪潮的席捲，政府為刺激經濟，規劃了大型社區，將北部工業區與開發區的老房和農村大批拆除。有十幾年前建造的小產權房，沒有產權

證，當時購買時政府曾信誓旦旦地說沒事，買小產權房的有本地人，也有外地的生意人，如今卻被稱為了違章建築，強令拆除，有的區域拿不到分文賠償，還勒令幾天內就要搬走，頃刻便無家可歸了。有發拆遷財的，有因拆遷淪落街頭的。流離失所者還在街上抗議，旁邊的推土機已夷平了他們的房子，轟隆隆地動工，飛一般蓋起了樓，售樓部建在旁邊，街上已到處是發傳單招攬看房者的西裝革履的置業顧問。然而，樓盤開到哪兒咚咚鏘的廣場舞便跟到哪兒，即便五六個人也弄一台大喇叭，領舞的女人雖五六十歲，卻濃妝豔抹，遠看以為二三十，紗褲皮裙尖靴皮襪，夏天露著白腿，惹得一幫浪子閒徒圍觀，但從下而上，直至看到那爛桃癟柿般的臉了，才又懊喪不迭。咚咚鏘聲從門外的廣場一路無遮擋地傳進社區，有人因廣場舞的巨響，看房時就像發現了祕密一般搖頭而去了，使置業顧問空揮著傳單而奈何不得，但也有人喜歡這熱鬧的市井氣，在此住下，使廣場舞的隊伍愈發浩蕩，如露天迪廳，有時竟成百人的方陣。許多人買房後，察覺物業費貴，水電費貴，賣的時候稅費高，且近年房價不漲有些地段反而跌了，業主積存怨氣，結識了彼此，組建微信群，在群中抱怨，紛紛拒交物業費，物業公司常有數月收不上錢的，員工有垂淚哭泣，說再不交費就發不下工資的，也有把電井房鎖住，業主充電費後非去物業拿鑰匙打開才能啟動的。有業主發動成立業主委員會，促使更換物業公司，一人吆喝，眾人跟從，但物業公司背後有政府，業主卻是弱小的個人，遞上去的申請書未被受理，領頭人卻被電話威脅，被員警約談，從此再不出頭了，眾人群龍無首，紛紛散去，物業費拖了幾個月也只能連同罰金照樣交齊。有些樓蓋

著蓋著卻不動了，工人也不見了，售樓部用花言巧語和折扣誘惑催業主提前還清分期的首付，還清後卻集體消失了，業主才明白是爛尾了。業主交了高額首付，欠下銀行的貸款，他們多為本分的上班族，接下來二十年恐怕都要背上枷鎖難以翻身，於是上訪伸冤，去政府門口靜坐，卻不料數日後在新聞看到，地產老闆因售樓不利也欠下了鉅款舉債遠逃，在即將抓回前已經跳樓自殺。業主知道難以討回錢，舉家抱頭慟哭，也有人想學地產老闆跳樓的，卻終在窗臺上看著遠處的地面，倒吸冷氣，兩腳發軟，覺得跳下去太恐怖，死樣太難看了，又抬起發軟的腳邁回來，哀歎幾聲，本著好死不如賴活的精神，節衣縮食走長期維權的路了。維權的人不斷增多，政府便愈發緊張，處處提防聚眾言論，有人在微信群發佈抨擊現實的話語，深夜竟被員警敲門抓進了派出所，訓誡，拘留，於是各微信群的維權者邊討說法邊大唱政府的讚歌，生怕觸到紅線，被扣上危害公共安全的帽子。然而，美好的口號喊得歡，社會卻不見變好，人情冷漠，惶惶不寧，市面上嚴查小販，往日街頭吃夜宵的熱鬧場景少了，又禁止電動車載人，呼朋喚友幾輛車拉風地撞著逛街的人也少了，使得本就蕭條的小城變得更加蕭瑟。

　　張揚溜達到光華路，這是為數不多的尚未拆除的老街。上小學他爸單位家屬院還沒蓋好時，他們在這條老街的胡同裡租過房。許久沒來這兒了。道路不平，街邊有紅磚未漆的矮房，汽車亂停，店鋪外支著晾衣架，擺著小桌，有人坐著吃飯，街裡像有多年的泥垢不斷積累著，髒兮兮油膩膩，但很有生活氣息。街道被新式大樓切割包圍，淪為了城中孤島，使城市像斷層一般斷裂為不同的時代。張揚一進去就像回到了上世

紀九十年代上小學的時候。那時除了幾條主馬路，全是這種街巷。隔斷的記憶像迅速縫合的傷口，與過往連成了一體，那時這條街上有個大水坑，張揚找到水坑的位置，坑早已被填平，蓋了個鼎紅洗浴會所，電梯口有幾個甩著油黑長髮立著筆挺的腿迎客的女人。十九年前，張揚曾和街裡小孩在水坑邊用網兜撈魚蝦，把針弄彎穿線上上紮上蚯蚓用棍挑著在水面抖動著釣青蛙，夏天在坑邊用自製的綁在鐵環上的塑膠袋撲蝴蝶，雨後就撲蜻蜓，水坑邊有垃圾場，垃圾場後有個旱廁，張揚每天早晨背書包到街口的小學上學，走過垃圾場常常跑到旱廁拉屎，用出門帶的撕成四片的一版《人民日報》擦屁股，有時下雨，廁所裡雨水尿水泥濘的，張揚就從街上帶幾塊磚進廁所邊走邊鋪，踩著自帶的磚走向茅坑。回憶久了，洗浴中心有長髮女人走向門口招攬他，張揚趕緊走開了。張揚兜裡常裝一瓶白酒，騎電動車冷了就呷兩口，這晚喝多了，腦門與眼眶熱熱的，街上有賣栗子的老頭，支著黑乎乎的小車，穿著彷彿從上世紀九十年代一直穿下來的破棉襖，臉上皺紋紅紅的在冷風中凍得像綻開的裸露的皮肉，張揚買了他十塊錢的栗子，發現幾個臨街鋪面的小燈像路燈似的幽暗，店子沒招牌，廳裡沙發上坐著女人，是暗娼嗎？女人在門裡招手，張揚竟踉蹌著停下車，女人領他到隔間的按摩床，說打飛機一百五，吹簫兩百，牆卻不小心被張揚撞得掀起了，旁邊挨著的竟也是按摩床，上面有兩條腿一個雞巴，有個女人在低聲詢問雞巴和腿的主人，張揚感到噁心，什麼隔間，竟是簾子，左右全是簾子，全都是按摩床，挨這麼近。張揚聽左右都有女人的低聲呻吟，感到荒唐，摸摸床板，嫌髒，問能不能搞，有沒有完整的單間，女人說現

在查的嚴，不敢搞。張揚想，來都來了，便躺下了。女人扒下他的褲子到膝頭，像給他診病，往他雞巴上塗滿油握住，快速動著，張揚說你慢點，女人果然慢了下來，但怎麼揉張揚都只是硬而清醒，他心中煩悶，女人也煩悶，說你喝酒了吧，張揚說喝了點兒，女人就哼一聲說，怪不得打不出來，張揚乾脆撥開女人的手說，算了，不做了，女人急眼了，做一半咋能不做了？張揚輕笑一聲，錢我照給，女人就轉而媚笑著說，你真行，這麼久都不射的。女人說廁所裡能洗。廁所的地上全是污水，張揚撿起掉在地上的淋浴噴頭，先用沐浴露把噴頭沖洗半晌，接著才洗了雞巴。到前臺掃碼交錢時，卻見電視上播著，我市前幾日突擊行動，漢江路大量打著按摩旗號的賣淫窩點被查抄，同時抓到一夥假冒警務人員抓嫖、詐騙按摩小姐的組織，該組織在我市多次作案，警方行動時他們正在一家按摩店實施敲詐，被當場抓獲，一個按摩女拒不交錢，被團夥打成重傷，已送往醫院，本台記者採訪團夥首腦時，該人自稱抓嫖是出於正義，但不管如何正義，執法是員警專有的權力，冒充員警將受法律制裁。

給張揚按摩的女人撇著嘴說，正義你媽逼，那麼多殺人放火貪污腐敗的不抓，專找我們事兒。另一個女人出來了，擦著手上的精液說，被打的女人叫蓉蓉，還在咱家做過，聽說前一陣在麻將館被罰了，應該也是那夥假員警幹的，這回揹運，又被他們逮了，她應該看出這幫人是假的了，聽說打得挺狠，胳膊都折了。給張揚按摩的女人說，怎麼會看不出來，員警都是先把人抓去所裡，哪有當場要錢的。

張揚一驚，蓉蓉？

他想起看樸茜手機時那個叫蓉蓉的求助的留言，心慌亂跳著，忙掃了碼出來。

　　張揚逛來逛去，又逛到張曉家。張揚膚色黢黑，雖其貌不揚，卻給人以男子的結實、堅定和篤厚之感。張曉對張揚的身體有濃厚的興趣。張揚心下絕望，搞得瘋狂放肆，在張曉安靜清冷老舊如暮年般的臥室裡，最隱秘的好色得到了完全的暴露，張揚說我拔出來射你嘴裡罷，張曉竟搶著伸舌頭，捏住張揚的陰囊，精液就噴到她舌根滴到了她舌尖，她用舌頭卷住掉下的精液，張揚躺下了，充滿感激地說，你這麼愛我的雞巴？張曉卻譏誚著說，談不上愛，是個男的都有雞巴。張揚心裡堵得慌。張曉雖行為放任，清醒後卻總像心不在焉，而且十分克制，目光冷得像臥室裡的氛圍。

　　張揚說，你一個女孩子為何自己住，還租這麼大個房子，不瘆得慌？

　　張曉幽幽地說，我們昌黎縣盛產蜜梨，散戶種植者卻不掙錢，鎮政府就鼓勵將果園集中，包給大戶，以集成化運作推動發展。我家原本與鎮長私交甚好，便由政府扶持，從銀行貸了大筆款子，承包果林，成立大果園，樹起了昌黎蜜梨冀欣綠的牌子，引入機器運作，在秦皇島成立了銷售公司，這房子便是囤梨的倉庫。家裡人嫌我哥哥不活絡，讓他負責果園的事務，我專一負責銷售網的鋪建與品牌的擴展，我折騰出了許多名堂，既結交文人又依傍官僚，文人好吹捧，官僚好女人，我既不能讓他們佔便宜又要取得他們的重視，雖然艱難，但有奔頭有目標，而且自由，挑戰便也成了樂趣。我把家族推上秦皇島日報，我加入秦皇島商會，還撈了個年度優秀企業家的頭銜，

但後來──，張曉停住了。

張揚問，後來怎麼了？

張曉的眼神像徘徊在久遠的過去，說，後來鎮長因為地產而倒臺了。他批地給開發商，吃了上億的回扣，房子卻爛尾了──怎能不爛尾，開發到那麼偏遠的地方，搞什麼生態產業鏈，以為有梨就了不得了，我爸跟鎮長商量過形勢，鎮長卻暈了頭，說形勢大好，要抓住機遇，上送下送的，一億貪污款只落得三千萬，樓蓋到一半賣不出去，加上業主舉報信訪，就把事捅出去了，鎮長一家駕車南逃，在武漢高速口被攔截，打開後備箱，三十個皮箱裡是三千萬現金，鎮長一栽，我們家跟著被查，倒也沒查出問題，但卻名聲掃地了，承包合同到期後，新鎮長沒再跟我們續約，而是扶持長期跟我們對立的耿姓大戶，把果園全包給了他們，頃刻間冀欣綠的品牌，我們所做的鋪墊，一下子全易主了，真應了為他人做嫁衣裳的古話。我在秦皇島的人脈獲悉了風向，我也沒臉再巴結他們了。公司註銷，我沒了事做，跌到人生穀底，只好去找工作，又怕見熟人，就去了開發區居然之家家具中心賣起了家具，每個月三千底薪，老闆壓業績壓得非常狠，公司像個狼窩，我本來自己當老闆，叱吒風雲慣了的，現在一落千丈，客戶也經常作踐我們，我幹完這個月就不幹了。

張揚聽罷，從身後抱住張曉說，接著準備幹啥？

張曉說，年後再說罷，但過年我不想回去了，我家雖啥都沒了，銀行幾十萬貸款卻要還，我爸天天愁的臉和煤一樣黑，回去一家人愁容慘澹，少不了傷感落淚，我幫不上忙，頂多按月寄些工資罷了。

張揚說，要是錢不夠，我給你點兒。

張曉身子微動一下，似乎向前遠離張揚了些，輕輕地說不用。

張揚下體又硬了，從後面摸索著位置頂進去，手從前頭握緊張曉的乳房，像要抓住生命的實質不讓它滑走。他跟著張曉急促的喊聲一起叫，然而當他脊背和腰上汗水滑落，從高潮的快感上跌下時，頃刻就像失去了一切。還沒細細品嘗，就已經全都消失了。多想讓高潮持續一會兒，但不行，來得越猛結束後就越空虛。張揚又回到了剛才，還是那副糟樣子，唯一的不同是比剛才更疲憊了。

張揚想，快感來後緊接著一去不返，難道這就是生命的本質？華麗的瞬間如射精的高潮，人們為它下足功夫，做足鋪墊，可卻在華麗的時刻到來時，頃刻又走向它的反面，走向它的消亡，既然這樣，快感的頂點還值得追求嗎？射精倒還好，下次可以再搞，其他事呢？難道還能重來？幸福的獲得難道本身就意味著幸福的失去嗎？

張揚摟著張曉汗水淋漓的身體，回想當年高考，考前總巴望考完，考完才發現並沒有解脫，反而那個暑假無比空虛，而在那之前憧憬而未獲得幸福時，卻彷彿才是最幸福的時候。進而回憶傑森關於上帝的話，他想，人活著到底該不該有所追求？如果該有，該追求什麼？張揚大學為學位奔波，工作後為掙錢奔波，現在又為新的學位和移民奔波，年關將至，過完年就二十七，很快奔三十了，一想到此就有前所未有的焦慮，三十而立，他能立起來嗎？怎樣才算立起來？綠卡？移民？生個小孩？好像是，好像又都不是。但如果不是，又是什麼？曾經

追求的婚姻，如今卻成了他痛苦的根源之一。澳洲寧靜得如黃昏般的當地生活，能讓他安居樂業嗎？移民的幸福，如果僅使華人親友羨慕他，滿足他的虛榮，實際卻捆住了他的手腳，使他深感不幸，那移民到底還是否值得追求呢？

但如果不捆他的手腳，他要用這自由的手腳幹什麼呢？在中國，用這自由的手腳又能幹什麼呢？像現在這樣，一次次來找張曉發洩嗎？

張揚帶著疑問和痛苦找到張曉，想從反常的激情中探尋答案，卻被悔恨折磨著，像有地獄般的火焰持續地燒他，卻燒不死。

樸茜趁張揚回來，在客廳逮住他，問他去哪了，他輕描淡寫地說去逛街了，又躲回書房。樸茜問不出話，惱了，穿得花枝招展的也出去了。

張揚支著耳朵聽動靜，樸茜半夜兩點回來的。張揚沒問，彷彿已經晚了，破罐子破摔了。但他恨得一夜沒睡，心想，你找我也找，第二天又去找張曉。

幽暗的房間裡，張揚和張曉搞完躺著不動。冬天天黑的早，張曉經常晚上不開燈，她說黑著好，黑著踏實。張揚說，我也不喜歡開燈。

窗外的夜比屋裡還明亮，張曉蒼白的乳房在黑暗中仰起，黑紅的尖頂像一團散不開的血污。張揚說，你是不是經歷過感情挫折，說說。張曉說，不想說，反正沒意思，不就男女那點臭事。

她平直躺著，像一尊美奐絕倫的蠟像，紅唇動了動說，人與人要都能坦誠相待該多好，就那點破事，發生在誰身上的都

類似，如果能敞開了面對，能少走多少彎路，減少多少痛苦。

　　張揚想起與樸茜連日來的一切，頗有同感，喃喃說，是啊，但看起來容易，卻彷彿比登天還難。

　　張曉說，我還想要，你還有力氣嗎？

　　張揚在黑暗中看見了張曉眼裡的光膜，光膜在黑白之間跳躍著，他說沒力氣了，張曉說，那你給我揉揉吧。

　　張揚摟著她脖子，彎下手用指甲刮她乳頭，另一隻手在她腿間的叢毛底部揉動著，兩人隔絕在各自的痛苦中，誰也不知道對方有多痛苦。張曉高潮時叫的劇烈得像在抵抗死亡，在張揚回家的路上依然像搖撼他左耳的狂風一般迴響。下雪了，雪像老人的銀須，在張揚眼前掛起無數縷長線，路雖未結凍，但已有絨絨一層，冰冷的雪滴在臉上，融化在眼鏡上，飄到鏡框後的睫毛上，張揚皺起鼻子擠著眼窩從鏡框上方看路，他出門忘戴手套了，手在冰冷如鐵的車把上像露出骨頭一般冷，左手揣兜，右手握把，伸開腿腳擦地面慢慢騎著。回想初中，冬天清早六點半騎自行車去學校上早自習，也常忘戴手套，雙手輪換一隻手攥緊搭在車把上，另一隻手在嘴邊哈氣，凍得生疼。遇上下雪，雪凍了就沒法騎車了，凍雪有水泥般堅硬的車輪印的溝槽，車在裡頭很快就會軋上槽沿被別翻的。沒法騎車就坐公車，公交擠滿人，窗外天還黑著，車上前後左右黑咕隆咚的人夾著他搖晃，像還在被窩做著夢。十五年了，卻像近在眼前剛發生過的場面。

　　到家後，張揚跟張曉發消息說，下雪了，化雪前我不去找你了，這兩天想靜靜，要提前回澳洲了，我會記著你的。發完加了一句，如有上帝，希望他保佑你。

過了很長時間，張曉回復說，我其實不愛你，我有我愛的人，我們快結婚了。

　　張揚看罷，眼前一片遲鈍的蒼白。

　　屋外冰冷，室內卻溫暖，地暖加空調，可張揚仍舊覺得冷。他想儘快回澳洲，澳大利亞正是夏天，晝夜溫差大，晚上涼爽，白天的熱也只是光線強，戴上眼鏡穿起防曬服就不熱了。那裡空氣清爽，到處綠色，只有草木蟲鳥，不聞人世糾紛。

　　張揚改簽了機票，任憑母親挽留，卻決定不在家過年了。把走的日期告訴了張曉，張曉說會去機場送他，他心口一顫，但料想張曉只是說說，便說好。

　　出門是中午，樸茜也要送他，樸茜仍憂心忡忡的，她這些天慌慌而被動，張揚對她太不好了，隱忍很久的內疚泛上來，張揚輕捏著她臉說，不用，在家好好跟爸媽呆著，我知道怎麼走。

　　張揚唯恐樸茜有更多表示，揮手關門。到電梯按了按鈕，家門卻砰一聲又開了，樸茜跑出來，那麼快穿好了羽絨服和鞋，執意要送張揚。

　　坐上巴士，一路無話，快到北京機場時，樸茜突然說，我朋友張曉也湊巧在機場，問我你啥時候走，我說今天，她說過來待會兒的。

　　張揚驚慌，裝糊塗唔了一聲。

　　張曉已在機場，樸茜問她，好多天沒見，你恢復了？張曉環顧左右，突然輕盈地笑著說我早好了。

　　樸茜說，張揚，給你介紹我朋友張曉。張揚矜持地點著

頭。張曉向前挺著臉，靜定地說，幸會。三人進大廳，領了登機牌坐下。樸茜手機響，樸茜看罷卻摁斷了說，是同事，恐怕催著我回去做財務表格的，公司一到快過年就有數不清的帳目要處理。

張揚卻看到了樸茜隱秘的局促。她在撒謊。

果然，樸茜馬上說，我肚子疼去上廁所。說完就往廁所跑。張揚傲慢地看著她的背影。張曉說，看見沒，張揚說，看見了。

張曉眼神怪怪的，藏著笑、得意與陰森。樸茜回來了，飛機還差一個小時起飛，但張揚一刻也不想再等了，豁出去一般拎起箱子就走。

樸茜說這就走了？張揚卻頭也不回地出了關。樸茜伸著的胳膊慢慢垂下，呶呶嘴說，瞧我老公怎麼對我的。

張曉卻在背後怪笑。

她倆結伴坐大巴回秦皇島，張曉坐後排，樸茜一回頭就見她張著黑洞洞的眼直勾勾地盯著她，樸茜十分詫異，乾脆過去坐到張曉旁邊。

進秦皇島市區後，樸茜手機再次響了，她見張曉盯著她手機，尷尬地說，有人找我，我要提前下車。

樸茜叫司機停車，才一下去，張曉竟也跟著跳下來。樸茜說，曉，你——張曉往肩上推推挎包說，不用怕，我都知道了，樸茜驚問，你知道什麼了？張曉說，我跟你一起去，該面對的遲早要面對，擔心難受都沒用的，走吧！說著推一下樸茜後腰。

樸茜像被押上刑場的犯人，沒了後退的餘地，走到一個轎

車前，站在車門邊遲遲不進去，張曉在她身後十多米站住了，車上下來一人，正是李情。

李情催促著，進來呀，你老公不是走了？然而，突然，李情的臉狠扭了一下，像被大木棍打了一棍，幾乎變形，眼珠都凸出來了，樸茜見狀十分害怕，尖叫著李情，你怎麼了！

李情不看她，卻盯著後面。

樸茜一下子明白了。

樸茜向左猛地轉頭，像要甩掉一隻大螞蚱或一頭大蛇。她看見張曉的表情，那是讓人永遠難以忘卻的、介於大笑和大哭之間的瘋狂表情。

張曉狠狠地盯著李情，彷彿要把畢生的力氣從目光中射出，李情嘴角無意識地抖著，完了。

樸茜顫聲說，曉，他是你——

張曉突然大喊，打他呀！路人停下來看熱鬧，卻沒人打李情。打呀！張曉又喊一聲，打這個騙子！還有她！張曉調轉方向指住樸茜，惡狠狠的目光像一把鋒利的劍，要把樸茜的眼睛劈碎，樸茜一下子就站不住了，頭暈目眩地扶住車頂，栽倒了。

第四章

1

　　張揚又住進了布魯加拉青旅，像個無家可歸之人，既消沉又自在。他在青旅資訊板上尋到了伊莉莎白區韓國人果凍粉廠的招工資訊，每天八小時，每小時十五塊，比在青旅當清潔工錢多。查了路線，從中央車站恰有到伊莉莎白區的火車，便趁開學前的兩個多月，每天到果凍粉廠去上工。

　　他盡力不回想國內的事。

　　他在傳送帶上把封好袋的果凍粉裝進盒子裡，碼進大箱子裡，抬箱子到門口的貨車上，過幾日，韓國工頭說這是女工和新人的工作，張揚要和其他男勞力一起幹重活。張揚就每次扛五十斤的糖袋和顏料袋爬上旋轉樓梯，樓梯窄得和肩膀一般齊，他用伸縮刀劃破袋口，提溜著袋子把糖料倒進下面巨形的攪拌機裡，老闆為省電不開空調，張揚每次連跑二十趟，顏料和糖按五比一的比例，五袋顏料一袋糖，每六袋劃開傾倒一次，跑個十來趟淋漓的汗水就把T恤粘在身上了。

　　韓國工頭在一樓催著張揚加快速度，張揚雖體力好，但沒幹過這些，加上早晨不吃飯，蹲著正用刀劃袋子頭就暈了，眼前亂哄哄閃著黑星兒，險些掉進身下的攪拌機裡。

　　工頭呵斥他拖遝。扛完二十袋又要他去卸貨，把麻袋卸進廳裡擺好，轉動著巨大的塑膠薄膜封貨。上午忙四個小時，中午在小屋裡吃自帶的便當。同吃的有染著黃毛插著耳機哼著小

曲的韓國留學生，也有上歲數的中國移民。韓國人一堆兒，中國人一堆兒。

　　張揚在中國人堆裡，有個老頭說累雖然累，卻還是澳洲好，明年又投票了，至少選首相有咱的份。張揚問，你們都咋移民的？一個大媽說，前幾年政策寬，我花幾十萬找公司走雇主擔保的，張揚問沒查出來？大媽說當時沒事，現在不知還好不好搞。另一個女人說，我也是花錢的，但是是找鬼佬假結婚的，然而假著假著就成真了，老頭七十多了，我這又胖又醜國內離了婚沒人要的，澳洲老頭卻不介意，對我可好了，還沒死就把一半的遺產公證給了我，估計過幾年就不行了，他也離過婚，他兒子繼承了另一半財產，等他一死我就熬出來了，到時把我兒子閨女從國內辦出來，一家人住他這套大房子。張揚聽得眼暈口呆，看這女人臉如燒餅圓，身子如鍋蓋寬，卻合著雙手，滿臉憧憬。

　　更讓張揚吃驚的，是同樣有一群亞洲人在車間工作，卻與他們隔開，被人盯著，幽靈一樣悄無聲息地出沒，吃飯被攆到遠處單獨的屋子，收工被人趕進汽車拉走。

　　一次，張揚甚至疑心在盯著他們的人裡看到馬梧的後影，一晃卻不見了。

　　工廠既遠，工作強度又大，張揚在回去的火車上坐著都能睡去，他怕坐過站，一上車就定一個小時的鈴，鬧鈴一響，往往離阿德萊德中心站就不遠了。

　　回青旅躺床上，渾身酸痛，胳膊腿痛得想從身上撕裂。但欣慰的是，廠裡按天結算工資，給的現金，不用報稅，每天能收一百二，他放進錢包，用不斷增多的一張張土黃色五十元勉

勵自己。

清靜地忙了一個多月，某天正幹活，樸茜突然發消息說我要去找你，就準備出發了。

張揚愣住。原本漸漸遺忘的事，又開始想起，窒息感一絲絲回到身上。

張揚說，你別來。

樸茜說，我要去，我聯繫好了海外招工途徑。

張揚又迷惑了，海外招工？樸茜說，你爸媽不同意我去，這樣下簽快一些，也便宜些，我給你爸媽留了字條，我電話開通了國際長途，到了聯繫你。

張揚問大概幾天，樸茜說聽說是八九天。張揚問具體到哪，樸茜說悉尼。張揚急了，我在阿德萊德，你去悉尼幹嘛？樸茜卻沒回消息。張揚擔心，海外勞工？他問你坐船來嗎？不回。他問你沒出事吧？不回。他說沒出事你就吱一聲。於是彈出了消息，看到你這麼惦記我，真高興，先坐船，到悉尼有車接往阿德萊德，一有事立刻告訴你。

張揚抓抓頭皮，心裡罵一句瘋子，說來就來，還走什麼海外勞工。韓國工頭見張揚拿著手機不動了，呵斥說，張，別玩手機！張揚忙收起手機，扛著一袋糖又爬起樓梯。

2

　　樸茜那日送走張揚，心灰意懶回到家，想起被張曉揭穿了，而且李情竟是張曉那人，尷尬得不是滋味，又想起張曉在KTV哭訴的樣子，心下有愧。

　　樸茜恨李情，你這雜種，搞完張曉和小柳，又打我主意，看著乾乾淨淨一表人才的，卻是不要臉的禽獸。

　　又想起李情先加她微信，後在電梯遇到的，會不會是算計好的？

　　翻微信查李情加她的方式，不是群或附近的人，而是搜索微信號，更斷定李情是從張曉那兒看到她微信加了，又裝作偶遇引她上鉤的。

　　樸茜心內悲哀，上起了火，智齒旁的牙齦腫得半邊嘴都合不上，每天吃甲硝唑，對著熱水瓶不停地哈氣蒸炎腫部位，夜裡疼得沒法睡，咧著火辣的嘴躺著。

　　張揚沒聯繫她，李情也沒有。

　　幾天後不疼了，她忍不住把李情喊到了天洋的KFC，她想問個明白。但到底問他什麼，她也不知道，反正要問問的，不然沒天理了。

　　下午四點，雪停了數日，卻又下了幾天冬雨，地上稀乎乎到處泥水。點了漢堡套餐坐下，李情堅定地說，沒什麼好解釋，我說偶遇就是偶遇。

樸茜說，真卑鄙，世上怎會有你這種人。

李情說，我差得遠了，肺炎流行那年，政府早就拿到了科學家的能人傳人的報告，竟硬發佈消息說不會人傳人，這才真叫卑鄙。

樸茜彷彿仍在等李情解釋。李情吃著薯條說，是你自願的。

樸茜說，誰自願了，你非要搞的，事後卻不認帳。

李情抹抹臉說，我從來都認帳，是你不認，這一切難道是我綁著你做的？我老早就說得明白，不破壞家庭，你孤獨寂寞，我幫你填補，你為何不知感恩？

樸茜氣得顫抖著，我感你媽的恩，李情如果是她手裡的雞腿就好了，可以狠狠用牙碾碎他，她幻想那雞腿就是李情似的撕咬著說，你們男的都不負責，要麼跑很遠，要麼近在咫尺啥都幹了卻想甩手走人。

李情辯解，我沒甩手走人，我不是來了，你想搞我也想，誰都別甩手，繼續搞。

周圍有人聽到了，看著他倆竊笑。樸茜往前坐了坐說，你不會小聲些？你那天非要接我，結果被拍到了，我老公也知道了。

李情問哪天，樸茜說瑜伽課那晚，李情含著爆米花問，誰告訴你的？樸茜說，當然是我老公了，李情說，你老公拍到了？樸茜說，當然不是了，李情說，那怎麼說你老公知道了？樸茜說你豬腦袋嗎，別人拍到了發給他的！

李情像有些怕了，搖著手說，我不是故意的，真對不住，樸茜說，對不住就完了？說好了不破壞家庭，現在呢？

李情思索嘟噥著，誰拍的呢？

樸茜難為情地說，還能有誰，准是張曉。

樸茜像想從腦殼裡擠壓出些什麼，慢吞吞地又說，張曉咋認識我老公的？那天我送他去機場，張曉也去了，我老公又天天往外跑，難道，——他們搞了？

樸茜臉色恐怖。

李情面色也很難看，但平穩地說，你不也跟我搞了？他喝了口可樂。

樸茜推著李情問，後來你見過張曉沒，你說，他們會不會真的搞了？

李情說，你該問你老公。

樸茜說，確實要問他。

李情說，他要說有呢？

樸茜著急地說，那就離婚！

李情嗤笑一聲，又來了，又是離婚。

樸茜說，這過的像啥！如果我離了，你會怎樣？

李情說，還像以前一樣，不摻乎家庭，只相互激情，說實話我見過張曉，我們要結婚了。

樸茜很驚訝，不光氣憤，對這事本身就很吃驚。你媽不是不接受她嗎？

李情說，張曉對我挺夠意思，我給她六萬的分手費，她後來說不要了，又打回我卡裡了。我這種人，看似瀟灑自在，其實不會照顧自己，我得找個真心愛我，能容忍我的人。我思前想後，還是跟張曉結婚最明智。

樸茜說你真自私。

李情繼續說，不就屁股小嗎？我查了好多小屁股生男孩的

案例，又找朋友在網上不斷發這類帖子，給我媽看，從反面給她洗腦，我媽看多了也覺得有理。我又在南關街買通了一個遠近聞名的看香算卦的，你想，算卦的跟神靈打交道，每天早晨五點就有人在門口排隊，跟協和醫院專家號似的，每日進賬少說幾萬塊，怎能輕易被買通，我誠懇地哀求，使了兩萬才買通的。我帶我媽去算的時候，香一點上，那人的話就像繚繞的煙似的說，你兒子走桃花運，有大屁股和小屁股，倆人同鄉，都來自西南五十公里處，一個是爛桃花，一個是好桃花，爛桃花假扮大屁股紅鸞迷惑人，要擠走好桃花，眼見晨星晦暗，正邪不明，貴人要騎鶴而去，好運將被帶走了，我媽一聽就傻了，忙問咋辦，我說媽，她說的不就是張曉嗎，我媽捅咕我說，你別插嘴讓人家說，卦師就又說，有辦法能將鶴趕走，貴人無鶴可騎，必然長留，我媽問如何趕走，卦師說很簡單，讓小夥子把該斷的煞星斷了，竭誠迎娶小屁股貴人，則必將化凶為吉，守財得子，我媽就彷彿徹悟了。

樸茜說，什麼狗屁歪理。李情說，別看不起，真管用的，回去的路上我猛誇張曉，我媽卻沒吱聲，到家就打電話罵了小柳一番，又讓我速去找張曉，張曉倒不計較，還感恩我媽，我媽便高興了，直誇張曉人好，以前錯怪她了。過完年我就和張曉領證了。

樸茜對著天花板噓了口氣。

李情說，告訴你個辦法，不管你老公說什麼你都死不認帳，反正他沒抓到現行，不承認就跟沒有一樣。

樸茜說，他不傻的。

李情說，他當然會懷疑，但他什麼都沒見著，只能聽你

的，你只要一直說同一種話，他肯定會信。

樸茜卻說，張曉如果和我老公有一腿，你也無所謂？

李情說，這玩意就那麼回事，感情是感情，性是性，我也不老實，她能對我好就已經不錯了。

樸茜仍揪住不放，別人給你戴綠帽你都不介意？

李情像被惹毛了，我當然介意，但不至於當成大事，現在二十多的姑娘裡，有幾個處女？生活遠比這複雜得多，現有的樂子你不享，現有的婚姻你不經營，生活處處不完美，你卻追求完美，等你離婚老了沒人照顧你，你就知道悲慘了。樸茜，你有穩定的家，條件也不錯，建興裡社區一百多棟樓像個小鎮，設施俱全，連幼稚園和小學都有。樸茜卻說，好啥，又不是我的房，是他爸媽的。

李情哈哈笑了，他爸媽的不就是你的？

樸茜說，那怎麼一樣，那是他的婚前財產。

李情搖搖頭，你真不會過，還有，就你這說話方式，呵——

樸茜說我說話咋了，本來就要看他爸媽的臉色，啥都幹不成。

李情挑著上眼皮說，你還想幹啥？

樸茜說，反正不自在，以前大學時，放假一回自己家就躺到沙發上，多舒服，現在在他家，他爸媽一下班就把客廳占住，我跟他們沒話說，就得回臥室，真憋悶，李情說，你不會玩手機？

樸茜揚著嗓門說，你老替他爸媽說話幹嘛，他是你的情敵，你胳膊肘卻往外拐？

李情又笑一下，胳膊真往外拐了拐，說，你真行，我要

是跟你結婚，沒准很快就會被你氣死，真佩服你老公，這麼能忍。

樸茜仍像不死心，你這意思是不考慮跟我結婚了？

李情說，你腦梗塞了嗎？說好多遍了，咱倆的關係是各取所需，另外，你若想與張曉和好，我幫你約她，她聽我的，我一說不結婚她就怕了，不行咱仨一起搞，穿幫了大家就是自己人，不會再有背後的猜忌。說罷快活地扭著腰。

樸茜一把推開椅子，指著李情鼻尖顫抖著說，你——，你等著，你要能順利結婚才怪，雷不劈死你才怪！

李情也火了，張開眼瞪著樸茜，我至少是希望你好，你卻咒我？

樸茜轉身奔出KFC。

又下雨了。大如蝌蚪的幾顆冬雨掉在樸茜臉上，樸茜抬頭，又有幾顆落下了，滑膩冰涼，很快劈裡啪啦一大堆，樸茜沒帶傘，鞋跟踩著水窪的邊緣，走到哪被雨攛到哪，迷住眼，濕了嘴，呸呸朝外吐雨水，大眼睛僅能睜開個小縫，雨打著她的眼皮叫她合上，可是合上了不就要被車撞死了嗎？雨從四面八方敲打樸茜的頭，敲打完順著臉流下，像賞給她的眼淚，她像半個盲人，隔著變動的水膜看這變形的世界，變形的車輛和路人，一輛轎車無聲地從她左側劃過，嚇得她差點摔倒，是李情，車猶豫一下，見樸茜沒動，潑著水花又跑了。樸茜自己的眼淚就也下來了，和老天的眼淚混在一起，沒法區分了。

3

　　張揚等了五天，每晚一下工就撥樸茜電話，總撥不通，發微信也不回，又等了五天仍無音訊，張揚打電話問他媽，你知道樸茜跟哪個組織走的不，他媽說，樸茜說qq群裡有快速勞務輸出，會不會是他們，張揚說，真的勞務輸出哪有那麼快，肯定是偷渡。

　　張揚查澳洲抓捕偷渡客的新聞，沒有頭緒。

　　樸茜說會先到悉尼，張揚就想起了傑森，挺久沒聯繫了，傑森依然是不標準的普通話，標準的摯友式問候。張揚寒暄三兩句，說明了情況，傑森也覺得嚴重，說，現在人販子多，搞不好會把人悶死在貨倉裡。張揚說，不行我過去一趟。傑森胡說，我搞不定會告訴你，你再來，最近澳洲與香港有很多往來，偷渡船也有載著香港人士來澳的，施雪純提過的紅姐，你還記得？

　　張揚說記得，陰差陽錯還見過一次，傑森說，我幫你問問紅姐。張揚就像死胡同開了個口子，感激地說，兄弟，有你真好，傑森說先別肉麻了，等我消息。

　　張揚想起和樸茜之間的痛苦，但想到樸茜危在旦夕，又丟開了恩怨，憂心不寧的，請了假在青旅鬱悶地喝紅酒，頭腦空空地等傑森消息。

　　傍晚，傑森打電話興沖沖地說，你妻子找到了，我剛幫她

買了去阿德萊德的巴士票。張揚難以置信地問，怎麼找到的？傑森說，問你妻子吧。

電話那頭樸茜喂一聲，張揚一聽到樸茜的聲音，立刻像從天空墜到了地上，他問，你安全了嗎？樸茜說沒事了，你朋友幫我買票了。張揚說那就好，明天我去接你。掛斷後從床上跳下來，既興奮又痛苦。

第二天清早，張揚去格羅特街的長途巴士站外長椅上坐著，拿著紅酒，灌了半瓶，腦袋軟綿綿地沉浮，看著地上白花花的太陽。

一輛車開來，下來幾人，張揚看見了樸茜，她仍穿前些天在國內的羽絨服，嘴和臉慘白，被陽光照得眯起眼，張揚激動地過去，問，行李呢？樸茜輕聲說，丟了。

張揚見樸茜像受驚的鳥，他克制著翻滾的情緒說，走，咱回青旅，你穿夏天衣服沒，樸茜說我哪記得是夏天，張揚小心地說沒事，我換進了雙人間，青旅很近的，十幾分鐘就到。他叫樸茜脫去了羽絨服，裡面還穿著毛衣。

二人穿過佛蘭克林街，走到威廉王子街的布魯加拉青旅，南亞球女人沒在前臺，張揚直接帶樸茜上二樓進了房間。

張揚說，沒想到你真來了，樸茜細聲說，我也沒想到。張揚說，你路上受苦了，樸茜本來硬撐著，聽了就大哭起來，張揚忙攬著樸茜拍她的後肩，卻沒有更多動作。樸茜說，我每回出事你都幫不上忙。張揚問，究竟怎麼回事？

樸茜說，我從家出來，到他們的秦皇島辦事處辦了手續，跟車坐到天津港，有人讓我們上船，那麼大的船我頭一次見到，來的人也不像在秦皇島那麼客氣了，說不去就滾，錢不退

的，我們就戰戰兢兢上了船，下到最底層，坐在毯子上，一屋幾十個人，還在不斷往裡進人，一路不停地有人吐，倉裡臭氣熏死人，每天有人送飯，但大部分人帶著巧克力和水，胃裡翻江倒海的，寧願餓著。七天后艙外有人喊查船了，快躲去集裝箱裡，驅趕我們上了甲板，剛看到太陽又鑽進了黑暗的鐵皮箱，周圍全是鐵皮箱，箱門鎖上了，有人受不了，砸著箱壁說要憋死了，我最後一個進來的，挨著箱口鼻子貼到縫隙上吸，能感到一絲的空氣，就一直貼著不敢離開。箱子像被吊到半空放到了車上，車晃悠前進，身後有人哭喊著，黑黢黢有人撒尿，騷味難聞，接著哭鬧聲越來越稀，我手機早沒電了，過了起碼五六個小時，我也撐不住了，他們打開箱門時我已栽倒，像夢似的被抬著，有人問後面的人死沒死，又恍惚見一個長臉穿西裝的人，低頭手在我鼻子上攔了會兒，說，這個沒事，等會兒運到廠區，明天跟著大隊上工。我晃蕩著被抬著，卻又被扔回了地上，很多呼喊和嚎叫聲。

　　樸茜痛苦地邊揉太陽穴邊說，現在使勁想也想不完整了，應該在跟什麼人打架，有人說幹嘛搶人，有個女人的聲音說，全都帶回悉尼，我帶出國的人我負責，大不了不合作，能救活幾個是幾個，不能讓死在阿德萊德。搞不清這些對話是真發生過，還是我夢中幻想的，我當時迷瞪著，阿德萊德，到阿德萊德了。

　　張揚問他們是誰，在場有人說了沒？樸茜說沒有，喊聲越來越大，但越來越遠，跟上輩子的事似的，再醒來卻在床上了，醫院一樣的白單子白床頭，有人見我睜開眼，抓起電話說，傑森哥人找到了，掛了後說，我是香港人小宋，你等會兒

就見著他了。我正納悶，門開了，是你的朋友傑森，說明來意後，我就全身虛脫鬆了口氣，從床上起來，還穿著羽絨服，怪不得熱，行李沒了兜裡的證件還在，出去客廳裡有很多麻包貨物，小宋說是要運回香港的口罩帽子。傑森的車停在院口，當下帶我去了巴士站。

樸茜像驚魂未定，目光呆滯，張揚沒料想樸茜經歷了如此血淋淋的現實，心中難過，握著她手說，真兇險，我朋友傑森是仗義人，我剛來澳洲時也多虧他指引，省去不少麻煩的。

樸茜說那是，一看就不像你對人這麼冷漠。

張揚想起國內那攤爛事，噎得沒話說，生怕再掉進什麼裡，忙說我給你買夏天衣服去，你等我，不等樸茜回話就跑。

拐過街口，到Coles買了兩個短袖兩條裙子一雙涼鞋，比國內還便宜，一看標籤全是Made in China。回到旅館問，跟你關在一起的人是死是活？樸茜說不曉得。張揚思考著說，你們都被運到過阿德萊德，卻又被運回了悉尼？樸茜說應該是。張揚說換上夏天衣服吧。樸茜就脫了衣服，穿著內衣坐過來摟張揚，張揚斜她一眼，卻支胳膊擋開了。

樸茜說我沒出軌，本來可以出軌的，但我不願意，你好好對我罷，不然以後就可能了。

張揚想，真是傻子。但他只說不想再提以前的事了。

張揚手機響了，張曉發消息說，讓你老婆離他遠點，我們要結婚了。接著是一張截圖。

張揚直到此刻，才清楚了張曉所有做法的真正原因。截圖是樸茜和李情的聊天，樸茜質問李情為什麼不接電話。

張揚冰冷地遞給樸茜。

樸茜看罷，霎時委頓，眼裡充滿了難熬的悲哀，但仍在說，我就是沒出軌。

　　張揚不想和她吵，甚至不想聽她說話。

　　樸茜問，那你和張曉有一腿嗎？張揚竭力隱忍，樸茜卻不放過他，不依不饒地追問。張揚好奇似的望著樸茜說，我的話你還能信？樸茜不知所措地說，你說實話我就信，張揚卻正色呵斥說，我一見你就像見到了噁心的過去，你要是還有一丁點臉，就趕快閉嘴。樸茜愕然。張揚抓起毛巾摔門去了浴室，回來插上耳機睡在了旁邊床上。

　　第二天早上，樸茜搖醒他說，帶我找地方打工，張揚說，我現在就帶你去。張揚像個朋友，對樸茜既熱情又疏遠，樸茜唉聲歎氣去洗漱了。

　　來到唐人街中餐館，樸茜說這裡怎麼沒樓，跟農村似的。張揚說，阿德萊德正是被華人稱為阿村的，他們地廣人稀，不用蓋樓。

　　樸茜說，你也不帶我逛逛，上來就找地方打工。張揚說，不是你說要打工的。樸茜說，我說打工你就讓我打，你不會掙錢養活我？

　　樸茜的話像又要把張揚纏住，丟進讓人暈乎的迷宮裡，張揚按捺著說，我只有一天假期了，你看著辦，先吃東西罷。

　　在唐人街Plaza點了兩盤自助，每盤六塊錢，張揚給樸茜夾了好多肉，樸茜滿嘴流油地說，這兒中餐比國內好，肉更瓷實。張揚嗯一下，沒有評論，怕引出樸茜更多話。

　　吃罷樸茜說，先帶我買衣服罷，你買的衣服窩窩囊囊，一看就是地攤貨，張揚說，老外都是這麼穿的，樸茜說，真不

上檔次，人家都專門出國購物呢，穿精神點兒也給你長臉，我自己掏錢也行，張揚說你哪掏過錢，樸茜說你最近不容易，錢我也沒讓你再放我這兒，張揚說還怎麼放，兌換成人民幣寄給你？叫我餓死？

樸茜說你媽不讓我出國，可眼看再在國內咱倆真就完了，我為了維護關係，差點把命搭上，你陪我逛個街怎麼了？

張揚心裡堵，但她既然這麼說，就又羞慚地忙說行，帶她去了步行街。

樸茜英文不好，進店就悄聲走到架子前看款式，張揚看價簽，少說兩三百澳幣一件。試過幾件，張揚不說買也不說不買。樸茜也不催他，只穿上左轉右轉地捨不得脫，張揚就咬咬牙買了兩件上衣一雙涼鞋，花了八百多塊，把上周打工掙的全花了。樸茜高興了，撕去標籤大搖大擺穿身上，張揚卻後悔剛才的衝動。

樸茜望著街上女人說，這裡流行低胸衣？張揚說，不用學她們。

樸茜說，你們男的都這樣，喜歡別人的女人多露，又不願自己的女人露給別人，如果每個男的都得逞了，你除了我的之外還能看到誰的胸？

張揚惱恨地帶樸茜回唐人街，進了一家餐館，問招不招女服務員，經理說招，什麼簽證，張揚忙說陪讀簽證。

經理看了看樸茜的行頭，樸茜被盯的不自在，問，工資多少？經理說一小時十澳元，樸茜瞪起眼，十澳元！扭頭問張揚，十澳元是多少？張揚知道她明知故問，說五十多，樸茜說這麼少！

經理詫異地望著他倆，張揚尷尬地說，她剛來。樸茜問都做什麼，經理說，沒客人站牆邊，來客人就接單，端菜端飯收拾桌子，收工後打掃廳裡衛生。樸茜問張揚行不行，張揚說行。樸茜就神色不悅了，說，再考慮考慮罷。

二人出來，樸茜說你有病啊，讓你媳婦當服務員，錢還這麼少，我出國是為受這罪的？

張揚說，共苦才有同甘，這只是暫時的。樸茜卻說，你從沒嫌我累過，一整就說吃苦，我在國內掙得更多，還不下賤。張揚說這怎麼下賤了，餐館的女服務員幾乎全是留學生，樸茜說你們全瘋了，放著國內日子不過，爭著出國幹這個！

張揚的腿腳像長了耳朵，聽了樸茜的話，更酸痛了。二人一路吵嚷，整條街數他倆嗓門大，惹得路人觀望。

樸茜跟著張揚又進了幾家餐館，全是同樣的薪酬。從西邊威茅斯街繞回來，樸茜說，找不著合適的工作，你得養我。張揚說廢話，不然叫你餓死嗎？樸茜說，人活著難道只有吃飯這點追求嗎？

酒吧街有幾家Massage，樸茜問是什麼，張揚說是按摩，樸茜說正規嗎，張揚說應該正規。樸茜說一看你就去過，張揚說我哪有錢去，樸茜說有錢你就去了？張揚說你省省心罷！

樸茜說，要不問問招不招人？張揚說，別問了，未必安全。

回青旅已黃昏，陽臺的酒吧照例響著音樂，樸茜嫌吵，要換地方住，張揚說正規的旅館更貴，這裡還七十塊一晚的。樸茜說，這麼貴還小的跟牢房似的。張揚說，你來之前我都住樓下八人間的，我睡了，明早六點要坐train去打工。樸茜說，出個國話都不好好說了，火車就火車，一整train呀train。

張揚和樸茜分床睡。第二天傍晚收工回來，樸茜說，我也剛回來，我去按摩店看了，一小時二十多塊，只按頭和後背和胳膊腿，挺正規的，比你掙得還多。

張揚氣悶地坐下來換鞋。樸茜問生氣了？張揚想餐館她不去，若是什麼都不幹，又要天天鬧他，就說那你去試試罷。說完又死屍一樣躺在床上了。

樸茜抱他，張揚像很害怕，說你睡那邊床，樸茜說，你對我一點興趣都沒了？張揚掀起胳膊驅趕她。樸茜一扭身躺到了旁邊床上。

張揚在雙人間住了幾日，每天一半以上工錢都交了房租。樸茜似乎每天都有變化，第一天嘴上多了口紅，第二天身上散發著澳人的香水味，第三天進屋就從皮包往桌上丟一包煙，直說累死了，客人動手動腳的，還向老闆投訴我，老闆卻讓我道歉，過後又勸我忍。我一個大學畢業的做這個，都是你害的。

張揚也難過，但又沒法叫她不做。忙了一天的心臟，聽見這些聲音，劇烈地跳動反抗，他敷衍了幾句，拖著沉重的身體去陽臺酒吧叫了杯維多利亞苦啤酒，一飲而盡，直接睡在了廳裡沙發上。第二天腰酸腿疼地起來回房，已經七點，樸茜已出門。

張揚狂奔到車站。工頭在廠門口堵住他說，張，你不是請假就是遲到，給你最後一次機會，再遲到直接回去罷。張揚躬身說sorry，但才幹一會兒，樸茜又打電話了。張揚氣急敗壞地忍了半晌，仍接了，卻聽樸茜尖叫著，快救我，我被偷渡組織追著，他們認出我了！

張揚一聽先是很懵，驟然明白了，說你在哪，樸茜說的

士上，快把地址告訴司機！司機用滿嘴印度口音的英語說，你能不能讓這位女士別沖我耳朵喊，張揚說伊莉莎白區的約克鎮路，煩勞開快點，我妻子有危險，司機不耐煩地說儘量。

　　樸茜從後視鏡盯住緊跟著的一輛車，計程車闖過路口，剛好紅燈，那車落後了，過會兒又頑強地撞上來。

4

　　樸茜玩手機睡著了，半夜醒來張揚沒在，再醒已是早晨，困乏著下樓，卻見張揚躺在廳裡沙發上，遂罵著神經，去了按摩店。老闆說有到梅菲爾酒店出鐘的活兒，樸茜說不是不接這類客戶？老闆說他給的錢多，又是華人，放心，這裡是澳洲不是中國，沒人敢把你怎樣。

　　樸茜想起張揚對她的冷淡，咬牙說行，我這就去。

　　給按摩老闆打電話的是小盧。樸茜趕去前，小盧和馬梧大力正在房間等候。馬梧問小盧胖鬍子怎麼沒來，小盧說他們一早去部署抓捕閩商叛徒了，我們找技師發洩完也去。

　　馬梧說，盧哥，你喊的普通技師，怎麼發洩？小盧說，當然是硬上，我不喜歡搞雞，喜歡搞按摩女，硬上多給力，今天還有更大的戰鬥，就當是戰前熱身吧。

　　馬梧說這行嗎，這不是強姦？小盧說，放別人身上不行，放我身上就沒事。

　　馬梧說，我以前在國內常去嫖，可那個黃金時代已成過往了，現在到處嚴查，會所不敢搞這類業務，有些轉到了網上，一次我加了個叫京東快遞的微信，說專做高端，我從他朋友圈照片選了張一千塊的，到社區女孩已在大門等我，模樣十八九，打扮時尚，但領我上樓進屋卻說沒空調，大冬天我脫光凍得瑟縮鑽到被子下，女孩也脫光了，黑黢黢像很多天沒洗澡全

身泥蛋，伸著手要錢，我掃碼轉錢了她才鑽進被窩，給手機那頭嘰咕著說錢收過了，手機卻仍不丟下，我說你放下手機摟著我，她動作卻生硬的像機器人一樣貼上來，嘴在我脖根瞎蹭，我忍著沒發火，下面硬不起，我說親我雞巴，她就掀開被子鑽下去含著，我卻感覺不到她嘴上的肉，我好容易硬了，他給我戴上套說你上來罷，我猜她是懶得動，我爬上去了她卻別過頭不看我，我稍微貼近些她竟用肘推我，一臉嫌憎地說咋又軟了，啥時候能完事，經過這般折騰，我沒了衝動，從一進來她就想讓我射完趕快走，這還搞啥？我穿起衣服就走，一千，媽的一百都不值，素質這麼差，既無敬業精神，又無女人風韻，這本來是講究情調的事，她們卻只想著收錢。我尋思著，根本原因在於禁查，禁查的氛圍下正常人怕被抓，能不嫖就不嫖，妓女可能也認為找她們的都是天不怕地不怕的莽夫或極度饑渴的色情狂，禁查下能存活的組織也都不是好鳥，根本不是給你服務來了，是張大嘴吞你錢來了。我去香港時，那妓女服務卻真好，極盡柔媚，我想是因為沒有壟斷，在開放的市場下，她們為贏得客戶，都盡力提高業務水準。

小盧說，出去可別瞎說，這種行業不是什麼貓狗都能搞的，中國的高端妓女你這階層的接觸不到，要是誰都能接觸到，還如何體現我們的權勢。放開娼妓業只會使市民階層的女人變得更爛，而她們已經很爛了。媒體總是報導市民階層的男人坑害女人，相反的案例也很多，卻沒得到關注，流行的論調是培養「好男人」、「暖男」，這種論調在媒體、網路和影視作品中織成一張大網，更有女權主義者撐腰，攛掇女人追求自我，其實是教唆她們不負責，她們只學會了女權的皮

毛，仍不獨立，仍在物質和心理上依賴男人，卻不再給男人對等的付出與尊重。她們扯著弱勢群體的幌子，當母老虎，當虎媽，將抖威風常態化，而在影視中這種變態玩意竟被鼓噪成了一種氣質。她們到處被男人捧，榨幹一個男人，不滿意了再榨另一個，風尚如此，有的是中國男人願掏腰包。這種女人的數量在增多，中間派也在被誘導著倒向她們，她們幹著不道德的事卻又用道德去說教男人，男人在她們眼前俯首貼耳才算是楷模。古典精神的高貴、果敢與傲然的男子品性被徹底踐踏了，中國市民階層男人的軀體正在變得像牛馬似的堅韌，意志正在變得像綿羊似的軟弱，可是潮流仍在控訴著生活對女性不公，說她們遭受暴力，在職場遭遇歧視，可你睜了眼看，職場中女人勾心鬥角，攪和團隊，攀關係扯皮，少幹活多拿錢，這樣的例子還少嗎？只有少數穆斯林一樣的國家裡，女性才仍具有傳統精神，她們善待丈夫，熱愛家庭，男女各盡本分。而中國市民階層的女人從西方那裡只吸取了行動獨立，卻沒吸取錢的獨立，精神的獨立。這是我們篩選宣傳，有意塑造中國人對西方的歪曲、片面的認識所造成的結果。這些女人看似威風，實際軟弱，只敢禍害市民階層的男人，對高高在上的我們卻不敢放肆，一個市民階層的母老虎再兇猛，到我們中一個——比如市委書記面前，也只能卑躬屈膝。這是對的。但要注意，別讓我們階層的女人也受此影響，要讓她們保持高貴的德行。我們要復興古典極權主義，不能停滯在群氓政治的階段，我們愚昧民眾，是為了統治他們，不是反過來受被愚昧的他們的影響，而去愚昧自己。至於放開娼妓業，對穩定的極權主義顯然不利，中國的民情是你給他一點他就會索要更多，要時刻讓民眾不

滿、沮喪和無望。若在娼妓業上放開了權力，民眾會以此為撕裂口，各行業群起效仿，最終會動搖我們的根基的。

馬梧說，盧哥，你高屋建瓴，處處站在維護政權的角度，我自愧不如。小盧說，等會兒你幹了按摩女爽了，你就能調整思維了。

馬梧說，盧哥，這顯然不道德，但也只好你說怎樣就怎樣。小盧說，少他媽廢話，叫你做什麼你就做，不許用腦袋想，只許執行，我們不需要腦子，只需要手足，明白？

門鈴響，馬梧開門，推推眼鏡看著門外，咦，怎麼就一個女的，我們點了仨啊！

門外的樸茜，看到躺在床上的小盧和旁邊站著的大力，心下叫苦，老闆怎麼不說，叫我一個人來，這不把我往狼窩送嗎？

她強忍著恐懼，乾巴巴笑著說，店裡剛才就我一個值班的，我再回去叫倆人。屋裡的小盧卻擺手說，不用，進來。

樸茜看清了小盧的相貌，忽而拍著腦殼，這不是偷渡那天剛出貨櫃時從頭頂上看著我的那人嗎？

小盧原本神色陰沉，一見樸茜，眼睛也亮了，沒等小盧爬起來，樸茜扭身就跑，馬梧正說嘿，技師怎麼跑了，樸茜已躥進樓道，小盧從床上跳下來喊，是那女人，快抓回來！

三人穿上鞋撞出來，樸茜被一路追趕著，計程車在前他們的在後，前後進了果凍粉廠大院。

樸茜一下車就像時光倒轉了，很熟悉，似乎在夢裡見過，但來不及多想，跌跌撞撞往裡跑，掀開一個又一個門簾，地上有乾涸的血，這，不正是前幾天被卸下集裝箱時我失去意識前

的地方？

樸茜心跳加速，掀開最後一個簾子，猛然撞見一群人，蹲在地上手抱著頭，屋子很大，角落站著兩個拿槍的人，點名的人念完最後一個人名，說，幾天前你們被抓走，盧老闆又把你們抓回來了，只跑了一個，聽說被香港暴徒弄走的，你們可是我們花錢買的，誰想跑，直接拖出去崩死，澳洲這麼大，你們是外國偷渡客，埋在荒郊野外不會有人知道的，所以最好自覺，幹的好沒准能得到老闆賞識，拿澳洲身分。

樸茜恰這時跑進屋，一聽心都涼了，說的這逃跑的人不就是我？一看眾人，全是同一條船來的。眾人見到樸茜，也嚇呆了。

張揚見妻子旋風一樣跑到廠房盡頭，忙追上來，掀開簾子一看見兩個槍手，發瘋一般扯著樸茜就往回跑，身後劈啪地響，打在旁邊機器上濺起了火花，前面廠房進來三個人，韓國工頭正要攔阻，看清了卻又退下，是小盧馬梧和大力。

小盧驚問，張揚，你認識這女的？

身後槍手也追上了，進退無路了。

張揚說她是我妻子。小盧仰面大笑，真巧，竟是你妻子！好好的路不走，卻要偷渡，上次在我宅子裡，你和香港人劫走了莎莎，我沒動你，不代表沒注意你，國際形勢風雲變幻，香港問題事關國運，你一個小市民，這時候搞事，純粹找死，現在回頭晚不晚我不知道，但不回頭肯定要掉進深淵的，你想清楚。

張揚心口狂跳著，卻鼓起勇氣說，你想帶走她，除非從我屍體上跨過。說罷忍不住渾身的血湧動，熱的眼淚從眼眶冒

出，小盧說，好，別怪我下手狠！

剛說完，身後卻沖來一輛車，撞飛堆著的十幾袋顏料與糖，粉末沖天，澆了小盧三人一身，漫天迷霧中，張揚和樸茜躲在機器後，見有個人下車，瘦小的身子穿過粉霧，一拳一腳打倒兩人，小盧和來者在煙塵中廝殺著，如在天上宮闕。

張揚驚呼，是傑森！他後背讓人拍了一下，卻不是妻子，張揚說，施雪純，你怎麼也來了？他見妻子臉上有疑雲，忙說這是施雪純，傑森的朋友。

傑森和小盧從煙塵中出來了，小盧拿槍滿臉惡笑指著傑森說，這下把你們這幫孫子一網打盡了。小盧見到施雪純，很吃驚，你這婊子，哪兒都有你，你跑來這兒幹啥？

施雪純指著馬梧問，你怎麼不問他？馬梧慌亂說，盧哥，你記著前幾天的女孩露露嗎？吵著要找露露的人就是她。

施雪純問你們把她弄哪兒了？馬梧說，還能弄哪兒，當然要賣給新買主了，小盧一腳踢開張揚，翹起施雪純的下巴惡聲說，你瞎湊什麼熱鬧，關你啥事！還有你們！他指著張揚和樸茜，樸茜嚇得貼在張揚身上。

有個女人的話音自遠而近飄來說，沒想到你連小孩子也不放過，人是我運出來的，盧老闆，你不斷動我的地盤，收買我的人，把我們輸送的勞力變成苦力，可這女孩是我一年前做的一單領養生意，你要還給我。

小盧說，別胡說，馬梧本來就是我的人，我叫他過去跟你，是想看你這狐狸忠不忠誠。

紅姐說，前段時間，我們收到了領養家庭的電話，馬梧自告奮勇要去接這女孩，恰好施女士聯繫了我，我就叫她聯絡馬

梧要人，馬梧回來說已將女孩安置妥當了，沒想到竟安置到了你盧老闆手裡。

小盧冷笑著，不錯，是我叫馬梧轉告找這女孩的人到這兒領人，來了就扣住，編入勞工的，但沒想到竟又是施雪純你這陰魂不散的婊子！你還在異想天開地想抓我的把柄，像上訪老戶一樣一年一年遞狀子告我嗎？你告到七老八十頭髮告白了牙齒告沒了也沒用，國家就是我們家，你去我們家告我，哈哈，真蠢！我們通過馬梧從阿紅你那兒查到了這女孩當年的賣家的電話，應該是女孩的外祖父，問他索要贖金，說如果不給就割了小孩的器官，可是外祖父卻說家門不幸，出了個孽女，你把小孩的腦袋割了我們都不管的，我們為她已經丟盡臉面了，瞧這話多給力，真像是外祖父該說的，哈哈！

施雪純聽罷，身子突然劇烈地哆嗦著，眼淚奔流。傑森焦急萬分，卻被大力用槍指住了頭，沒法過去。

紅姐說孩子在哪兒？我們雖走私人口，卻是幫他們逃離苦海，而不是走向更苦的深淵的。小盧涎著臉說，在哪兒能告訴你？

紅姐說，這批人我也要帶走的，那天我救了他們，不料到悉尼又被你劫走了，只有個女士跟香港人逃脫了，哦，女士也在，她對樸茜點了下頭繼續說，我不能眼看這批人再被你折磨，錢打回你的帳戶了，以後不再做你的生意。

小盧說，口氣不小，看你有沒有這本事了。說完縱身撲過去。身後卻響起虎狼般的呼嘯聲，紅姐大隊人馬吆喝著殺來了。

混亂中，眾多偷渡客鑽出屋子，紅姐的人接應著說，快上

巴士！他們卻奪門而出了，在澳洲大路上像荒原中的袋鼠一樣狂奔，紅姐的人攔不住，眼看他們在兩邊是野樹綠草前方是奔放的雲層的馬路上奔跑著，變成一個個小黑點了仍在移動。

小盧一眾不敵紅姐，邊打邊撤，收到胖鬍子電話說需要支援，便驅車走了。

傑森上前問施雪純你還好？施雪純像失血過多似的，搖晃著要昏倒，傑森忙扶住她餵她喝水，樸茜對張揚說，你看人家對女朋友多好，再看看你，張揚說，都這節骨眼了，你還有這閒心。

紅姐的手下說，偷渡客跑了，沒上我們的車。紅姐望著天，天藍得寧靜，白雲在天穹悠然地描畫著萬千姿態，她說跑吧，希望他們能在這片大陸上找到最終的歸宿。又對傑森一眾說，我們有事，先走一步了，會幫你們尋找露露的。說罷去了。

張揚問傑森你怎麼來了，傑森說施雪純叫我來的。樸茜又開始捅咕張揚，嘖嘖稱讚傑森，張揚很鬱悶。四人上了傑森的車，出來卻被一輛潛伏的車追趕著，張揚說應該是小盧的手下，開快一些。一路狂飆著，離城漸遠，那車才不追了。

施雪純說往北開到高勒吧，我房東在那兒有兩棟房子，他最近正好和妻子回去了，我們可以住他的空房子躲躲。

傑森沉默，像忍受著巨大的痛苦。

張揚突然說，你們先去，我回一趟阿德萊德，今晚一個教會有活動，我報過名做志願者，帶薪的，附近有個火車站，把我放下來就行。

樸茜抓緊張揚的手說，你腦袋進水了嗎？這麼危險還回

去，被他們發現咋辦？張揚說不在市區，在莫德伯裡的社區，不會那麼巧碰到他們的，果凍粉廠去不成了，再不賺錢咋辦，見樸茜仍有焦慮，便對傑森說，麻煩你們照顧我妻子，傑森說放心，張揚就讓傑森在車站停靠，先下了車。

5

　　追趕張揚的是馬梧。小盧和大力已先馳向普羅斯佩克特，
閔叛徒被保護居住在此，有員警輪班值守。胖鬍子已率先領人
趕來，閔叛徒在監視器上見是陌生人，跟員警說不認識他們，
門外的員警忙拔槍，胖鬍子見員警有五人，自己只有四人，且
對方槍筒已經指著他們叫他們離開，只好驅車暫離了。

　　小盧聽罷，指示胖鬍子待命，盯著別讓閔叛徒轉移，然後
聯繫了南澳州議員盧比，說你拿了這麼久的錢，今天用你的時
候到了，我們得知了閔叛徒的住處，手下急躁，已然擅闖，情
況緊急，怕他轉移，你在普羅斯佩克特多琳街附近迅速發起一
個抗議，現在阿伯特當首相，頗有些舉措不得民心，你在一小
時內籌集該區的人力，務必鬧大，引警方去平息，這樣才方便
我們搶走閔叛徒，經費我此刻就轉給你。

　　盧比語氣有些為難，小盧不給他機會，強硬地說，你想繼
續當議員，唯有跟我們合作，不然媒體知道你收過我們的錢，
你想結局會如何，時間緊迫，你抓緊考慮，我們正在趕去的路
上。說罷掛斷，大罵胖鬍子魯莽。

　　盧比知形勢嚴重，指使秘書迅速尋找能找到的牽頭人，集
結了幾十個閒漢，在閔叛徒的地點附近豎起了反對阿伯特的
標語。

　　閔叛徒撥開窗簾看著，莎莎穿著睡衣一起眺望著，莎莎

說，叫員警帶我們走罷，閔叛徒沉重地搖頭，稍安別急，他們肯定有人埋伏在附近。閔叛徒給員警打電話，要求增派警力，儘快轉移，員警卻說爆發了示威騷亂，事態緊張，示威者要砸本區議員的家，已經開始調遣警力了。

閔叛徒在遊行前列看到了議員盧比，見他們來勢洶洶，恐新調來的員警與他們串通，慌亂中想到了中國來的民主派，打了一個朋友的電話，分析情況，對方說我也認為再待在普羅斯佩克特區恐被人出賣，澳人政客間的關係錯綜複雜，不如先讓保護你的員警護送你出來，這幾人跟了你多日，要被收買早被收買了，可以信任，再拖下去，若換了別的員警怕更不安全。

閔叛徒說，我也有此顧慮。朋友說，我們正在開會，中華海外民主聯盟舉辦的文宣會，你如果沒有地方躲，不妨先讓員警護送你來這兒，我們再想辦法，在莫德伯裡區聯合之旅教會的教堂。

閔叛徒心亂如織，沒有更好的去處，和莎莎迅速換了衣服，叫員警保護著上車，趕去了莫德伯裡區聯合之旅教會。

中華海外民主聯盟借用教會的場地正開文宣會，活動發起人鐵項站在宣道臺上，滿身黑衣如牧師一般說，國內的華人喜歡搞聯盟，我們海外民運肩挑大任，更要搞個統一的聯盟。各位都是民主的先驅，中國未來的變革與轉型有賴各位努力，我鐵項是一介小民，不敢說代表國家民族，唯有一顆拳拳之心，今能邀請眾人共興民主，煞是高興。在這遠方的阿德萊德，我們心裡惦記著中國，為中國夙興夜寐，我們執著于中國文化和中國習俗，難以融入洋人，我們固守著我們的圈子，蘇武十載牧羊，飲冰餐雪亦要歸漢，李陵身辱家無，榮華廿載仍望南

月，我們生為中國人，一生便都是中國人，可以改國籍，改住處，但中國習慣，中國戀情，中國思維，中國執著，永生都難以拔除，這就是我們的宿命，雖然無奈，像著了魔一樣，但對中國而言卻是大大的幸事，一旦社會開放了，我們不管人在哪裡，都會像猶太人重回以色列一樣迫不及待地趕回中國的，現在即便不能回去，也會把它當作遠方的夢，我們雖然身在世界的角落，心靈卻依然只為中國而悸動，在阿德萊德、悉尼、墨爾本，甚至塔斯馬尼亞，我們是多麼相似啊！在澳洲的荒原密林，海灣高崖，隱藏著多少深夜的中華哀歎和輾轉憂愁啊！我們海外民主派有國不得報，有志不得伸，今天來的有上百人，上百顆有志難伸的心靈有朝一日若有了用武之地，能製造出多少驚天動地的偉業啊！我們骨子裡從來都是民族主義者，不管是哪個學派或政治派別，不管是民主派還是親中共派，在行事風格、思維模式、習俗人情上，在這些靈魂深處的沒法寫成文字提倡成口號的築成我們大腦與骨血的東西上，全都是一樣的。我們到哪兒都講團結，雖然庸俗或是出於政治謀略，但並非沒有道理，國內那幫人是這樣，我們海外民主派也是這樣。我們一直以來只跟華人團結，華人語境下的那些臭事兒，那些社會思潮和言論，鬼佬不瞭解，也不會理解，它們甚至沒法翻成英文，一翻譯就很滑稽，像壓根不存在或不是那樣似的，可在華語的語境下，不管多荒唐，卻是多麼真實啊，如血淚一般的真實！我們走到哪兒都滿眼中華，彷彿全世界都是中華，我們雖因派別不同而產生糾紛，卻又因血緣文化與心理情結而無法擺脫彼此，我們合該聯盟，也只能聯盟！今天和各位相聚，共同感受阿德萊德的中華脈搏，為此請來了澳洲培德中學的漢

語老師朱,她是山東來的遠播中華文化的先驅,以及她的澳人學生大衛,她們即將去悉尼參加國際漢語橋比賽,獲勝將去北京參加決賽,北京,多令人嚮往的地方啊,即便交通發達,今天起飛明天就能到達,仍然無法消除我們內心對它的嚮往!歡迎朱彈奏大衛獻唱中國歌曲青花瓷!

抹著濃脂粉的豐滿女人朱,穿著旗袍,綻著一嘴飽滿的笑登場了,身後是個阿德萊德本地的黃毛小孩。鐵項鼓掌,台下掌聲奔湧。眾人有叫好的,有以手支頤聆聽的,也有神色疑惑、面面相覷的。

鐵項下臺坐到第一排席位。有人在他耳旁私語,鐵項詫異地環視四面,整整衣服,從座位上起身,和私語者沿過道出去,一輛賓利開來,到教堂門口停下了,後面是一輛警車,下來三個員警,拉開賓利車門,閔叛徒挽著莎莎驚魂甫定地走下來,跟鐵項一起的朋友招呼閔叛徒說,這麼快就到了,我們這就想辦法為你聯絡住處。

然而閔叛徒看到朋友旁邊的鐵項,登時一怔,鐵項也像認出了閔叛徒,雖臉上堆笑,眼睛卻分明亮了一下,走到閔叛徒跟前說,我是本次大會負責人,你來這兒就像來家了一樣,別客氣,並對旁邊人說,你去安排住處,我接待他。朋友就先走了。

閔叛徒心內叫苦,被鐵項簇擁著進了教堂,閔叛徒回身對澳洲員警喊別走!卻見員警已出了教堂院子,教堂外隱隱有喧鬧,彷彿也是遊行,員警在院口瞻望。

廳裡唱完青花瓷,鐵項在眾目之下拽著閔叛徒登臺,莎莎在臺子旁站著。鐵項說,這位想必大家都認識,正是這些天赫

赫有名的逃出獨裁政府的閔英雄，請他講話！

鐵項把閔叛徒丟在臺上。閔叛徒看院中人來人往，敏銳地察覺到有人打電話，有人盯著他，閔叛徒說，我來澳洲尋求庇護，卻不斷遭人暗算，門口也許就有來抓我或殺我的人，我犯過罪，但我今次洗心革面決定投誠，我手上有他們的罪證，不得不東奔西逃，顛沛流離，希望你們能保護我！

院外喧嘩聲變大。張揚正陰差陽錯地報名做了這次活動的志願者，此時正在教堂角落，掛著胸牌垂著手，從看見鐵項起，他就預感情形不對，搶先戴了口罩，以免被鐵項等人認出。

場務負責人派志願者去院門口清理垃圾，維持秩序，張揚見澳人打著牌子，寫著反對干預澳洲內政，禁止出賣澳洲利益等字，甚至有幾排華人在其中，有人丟塑膠瓶，幾個員警攔在眾人前，張揚撿完瓶子，新瓶子又丟來了。

街角有一輛車高聲鳴笛，遊行隊伍前一個西裝革履的指揮者，似認得那車牌，叫遊行的人讓道，車緩緩開入人叢。

張揚在人叢背後認出車裡的小盧，忙回教堂。鐵項正好跑出來，到院口拿大喇叭對眾人吆喝，我們不是獨裁的，是民主的！遊行中有人卻拿漢語高喊，撒謊，我認得你，你以前是外交部的，假的！

鐵項立刻臉色蒼白，推推眼鏡說不是，我是民主聯盟的，你看名片！在遠處晃動著名片，又跑回院內，見到大力，拉著他到一旁說，這怎麼回事？

大力說，是盧哥臨時安排的遊行，準備吸引警力，趁亂抓閔叛徒的，鐵項說，遊行那麼難找嗎，怎麼連民運都找來了？

民運不能亂請，這屋裡的也是民運，但都是精挑細選的，不然會有人攪局的！

大力說，抓閩叛徒要緊，其他的先靠邊站！說罷推開鐵項，去院口迎接小盧。

屋裡閩叛徒正說著，台下眾人卻表情不一，有的警覺，有的甚至目光憤怒，有人舉手站起說，你是中共派來抓我們的吧？

閩叛徒一驚，忙說不是，中國我徹底回不去了，天地日月，明鑒我心！又有人不舉手就站起指著閩叛徒罵道，你身上不知染了多少民主人士的血，與其讓我們保護，不如讓我們清算，先說說有誰的血！

屋裡人沸騰了，許多人目光裡有按不住的仇恨，閩叛徒說，你們別中了奸計，如果我死了，更大的罪惡的始作俑者就沒法被審判了！

人們指著他說，騙子，我們先審問你！鐵項已裹好西裝，坐回了第一排椅子，淡定地笑著，閩叛徒暗自叫苦，倉促間竟沒問活動主辦人是誰，這下更麻煩了。

小盧和胖鬍子沖進教堂，胖鬍子拔槍對準主席臺就射，閩叛徒身手快，躲到台下，竄入第一排人群中。眾人大亂，有人起立，有人伏倒，有人奪門逃命，把小盧胖鬍子堵在門邊，背後的員警聽到槍聲，沖進院子拔槍，卻被大力射翻了，小盧罵著，媽的還殺員警了，快弄完走人！

小盧好容易擠進人群，見閩叛徒已躍至窗邊，便與胖鬍子槍火齊發，閩叛徒撲窗躍出，人潮紛亂，小盧們屢被驚恐的人群衝撞，無法前行。

張揚跟著混亂逃出教堂，密集的槍聲中，他看到一個長髮的身影，是莎莎，她中槍了，摔在地上。

張揚想救她，沒走幾步，卻在人們匆亂的腳步中望見莎莎躺著不動了，頭下殷紅的血漫開，人們腳踩著這血奔跑，帶血的腳印印在張揚身邊的地上。

張揚最後看了一眼莎莎濃黑的長髮，忍著悲憤，跟著人群衝出了教堂。

天已暗下。昏黑的路燈裡，人影模糊地堆疊著，張揚從他們面前瘋狂地跑過，隔著口罩扯著嗓子用漢語罵，你們害死她了，你們這幫傻逼！

張揚像一股旋風劃過沉重而躁動的人群，他神經質地笑著，覺得痛快，他沿著東北大道奔跑，一路上，他的眼淚再也斷不了了，跑得肺要炸了，噗通一聲跪到地上嚎啕，哭到幾乎咽氣，爬起又跑，跑回青旅口罩已被淚濕透，他脫下鞋，隔著眼淚看腳上紅色的血印，嗚嗚咽咽沖到廚房，拿起檯子上的紙把莎莎的血刮下，望著那鮮紅未幹的血痕又哭許久，用另外兩張紙把這張包住了，握在手心，裝進口袋，坐在陽臺上背對著眾人，一杯杯地喝維多利亞苦啤酒，直喝到街燈闌珊，人煙蕭索，仍默默地趴在欄杆上，一任淚水垂打在欄杆生冷的黑鐵上。

6

　　翌日，張揚去了高勒，走在空曠的小路中央，青灰的路面兩側是克隆出來似的兩排乾淨的房子，感覺像在原地循環著兜圈子。街角拐出一人，竟是樸茜。

　　樸茜問你咋知道在這兒，張揚說我問傑森了，樸茜說你寧肯問他都不問我？張揚無法回答，反問你在幹嘛，樸茜說出來買衛生紙啊，抖著手中的袋子。

　　張揚尾隨樸茜進了一個房子，深咖啡色的四壁圍成的客廳鋪著厚軟的白蘭地色地毯，屋子深處有壁爐，施雪純和傑森正在壁爐邊的沙發上聊天，見張揚進來了，忙詢問事態。

　　張揚說了昨晚的情況，他走得急，不知道小盧被抓了還是跑了，並提到了莎莎之死。傑森說他看了新聞報導，小盧被員警通緝在逃，閔叛徒安全逃脫了，另有一華裔女子被流彈擊死，應該是莎莎。

　　施雪純在一旁聽罷，狠下心來，把莎莎被凌虐的視頻傳上了YouTube。

　　樸茜像承受不了了，在沙發上頭歪到一側，手掩住了臉。

　　門鈴響，張揚起身開門，門口站著個戴墨鏡穿棗紅色襯衣的盲人，四十多歲模樣，歪了歪耳朵像在聆聽。施雪純起身上前扶住了盲人，她說你進來。盲人進來後突然說，我對你心存好感，但報應很快來到我身上了，我妻子也已對我不忠了，還

把人帶回家裡來搞，被我聽到後那男人逃跑了，我質問妻子時她卻把我趕了出來，不過，這些都是源於我先前犯下的錯。

施雪純忙看一眼傑森，傑森全身緊張地晃了一下，不動聲色地維持住平衡，雙腿仍交疊坐著。

施雪純說，你坐下再說。她對傑森說，這是房東，又對房東說，我有幾個朋友在這兒。張揚與樸茜各有心事，勉強打了招呼。

房東身形發胖，頭髮掉了大半，傑森平視著他，像在履行一種無法逃避的責任。房東說你瞧，我光說我的家事了。

施雪純說，這些都是我的密友，他們願意聆聽的。房東就繼續說，一切都已經發生過了，堆在心裡，沒辦法忽略，人做過的所有事都會對日後產生影響的，我知道已經晚了，因為已經經歷過，並且走出來了，但正因此，也就永遠走不出來了。改變需要勇氣，從失落的垃圾堆中爬出並扭轉命運，這是多麼難，我已經老了，沒法再擁有美好而虛假的夢想了，剩下的只是不能去想的宿命，一想就絕望，只能經歷，身在其中不斷地走遠。每當我獨處時，我就非常傷感，老想哭，看見一些東西就激動地說不出話，一說話就有熱乎乎的淚往外冒。可今天我妻子把別的男人領回家幹，這事發生時，生活又突然體現了別的意義，不是死亡或命運的意義，而是我自身的意義，我不能容忍，我聽到妻子在隔壁小聲但掩不住的叫聲——盲人說到這裡，張揚卻突然緊張地握住拳頭，像在和自己戰鬥。

盲人繼續說，我就感到，生活仍有某種尊嚴，和生命本身的痛苦同等的重要，值得一搏，我跑過來就是要對你說這些的。盲人握住施雪純的手說，對我這瞎眼的半老之人而言，還

有什麼比你這雙手，你這新鮮的肉體更美好，它像一條聯繫著我與我看不到的世界的彩虹，可這些在我這殘廢的身上又是多麼不和諧，多麼可恥，我妻子肯定知道我們的事，肯定在小心回避，我對她的傷害已經加到了我自己身上，雪純，我要祈求你原諒，等會兒回去，我也要祈求妻子原諒，不管你們原不原諒，我並不為了獲得什麼，只為你們和我自己而祈求。

盲人蹭著笨重的屁股，直到它脫離沙發懸空，雙膝垂落跪在了施雪純面前。施雪純欠身扶住盲人的手臂說，你自己想明白就行了。

施雪純面色難堪，但難堪之下似乎艱難地暴露著隱藏的東西。

張揚心裡像注入了一道光，催著他沖出去，他竭力控制，注視著他們。

傑森聽罷，像憋著勁兒，像要把自己按住，他說，你說出這些肯定很解脫，連上帝都會原諒你，人更沒有理由不原諒，或者說，人的原諒對你來說不重要，你勢必會在未來記得一切，並用內心的痛苦贖罪，但這痛苦至少是扎實的。

施雪純說，我為了找女兒，為了續簽證，——傑森，我找露露是對的，為了使她不受害是對的，是吧？

施雪純坐直望著傑森，邊想邊說，然而，為了這正確的目的，在中途的手段上卻犯下了罪，這在你們基督徒那裡應該也是罪的，對吧？但這樣的罪能不能被饒恕？

傑森胡說，當然是罪。傑森用令施雪純驚訝的慈祥、深切的眼神說，但即便是為邪惡的目的犯下罪的人，只要他真誠懺悔，都會被寬恕，因為懺悔時他在用上帝原初的光撥開著罪惡

之靈，更何況你這些罪了。

施雪純在沙發扶手上支起下顎，非常專注地聽著，她說，我一聽你說話內心就很敞亮，但沒有你的話時，就又陷入想不明白的困境了，對於我這種人，——我不是基督徒，而且估計永遠沒法像你一樣信神的，我又該怎樣思考，怎樣做，才能真正地走出困頓？

傑森還沒回答，盲人卻起身說，我不懂漢語，我要回去看我妻子了。施雪純忙致歉，說我送你回去，盲人說我熟悉路，我自己走，就像我自己來的一樣。他開門走了。

馬梧突然打電話給張揚來，他說，你快記一下露露藏身的地方，在威廉斯敦的喬治街三號，記住了嗎？張揚慌忙叫傑森記下，馬梧又說，小盧大力和胖鬍子跑路了，我以前騙了你們是情非得已的，現在我能幫的只是告訴你們這地址，明天早晨十點買家就到，你們一定要提前來。

張揚問傑森，能不能相信他？施雪純卻說，我必須去，這是我最後的機會了。傑森笑著像在鼓勵她，說，我跟你一起去。

張揚見狀也說要去，樸茜卻受驚似的喊，你瘋了嗎，你考慮過我的感受嗎？

傑森忙說，別激動，你們商量就好，我聽張揚的意思。樸茜對傑森說，聽他的意思，他懂啥，他就知道坑自己！張揚說你喚啥，這不在商量嗎，樸茜瞪著張揚說，你每次都向著別人！

傑森忙說不早了，我送施雪純休息，你們別爭了，施雪純睡裡屋，你倆睡外臥室，我睡客廳。傑森和施雪純使個眼色，

雙雙進了里間。

張揚氣呼呼地進了外臥室說，真丟人。

樸茜也沖進來，亢奮地埋怨著，一群瘋子，看不出來比你還神經，你去送死我不攔你也攔不住你，現在你就給我買回國的機票，最好明天或後天的。

張揚說你自己買，錢一直放你那兒的，樸茜說你出國前拿走了，張揚說我才拿多少，從工作起就放你那兒了，樸茜說我這麼遠跑來，差點沒了命，你連回程票都不給買嗎？

張揚用手推了一下空氣，彷彿不讓樸茜再說下去。但他抬起頭說，我其實是被觸動了，你難道沒有？我沒讓你滿意，並不全是你的錯，我也有錯，我沒按你的意思去體貼你，我覺得我已經很容忍你了，但也許仍不夠容忍，但我們是一起走到了今天的地步，這是我倆共同釀成的，讓我們也像他們說的一起跪在上帝面前懺悔罪孽罷！

樸茜說，別裝神弄鬼了，我沒什麼好懺悔的，你要是幹了噁心事，你自己懺悔，我可以聽。張揚說，不是向你懺悔，是我們一起向上帝懺悔，真要有上帝該多好啊，來，和我跪在床前，正式一些，一起洗清瘋狂的一切罷！

張揚拉住樸茜的手，樸茜一跳老遠，驚恐地說，走開，從一開始你就是個騙子，現在又是，什麼責任都推到我身上！

張揚面色痛苦得可怕，他指著樸茜，卻喊不出聲來，他說，你個惡魔，你個惡魔，說著癱坐在了地上，捶了一下地板。

樸茜冷笑著說，瞧你這個德行，哪像個男人。

張揚在地上不動了。過一會兒他爬起來，撣了撣屁股，坐到椅子上。對著牆短暫坐了幾秒，他說，我現在就給你買機

票。他按著手機，他說，沒有明天的票了，買了後天的，發你手機上了。明天回青旅住一晚，後天我開學，你自己去機場罷。樸茜蛄蛹著身子躺下，張揚啪地關上燈，從櫃裡拖出被子，躺在了門邊的地毯上。

張揚六點半醒的，去餐廳喝水，傑森留了字條說和施雪純去找露露了。張揚像喝酒似的喝幹了杯中的水，喊醒樸茜說，回市里罷，他們走了。

收拾乾淨房子，樸茜跟他去了車站。回到青旅，樸茜開始打包，每一下動作都像一記重拳打在張揚的心口，但到達不能忍受的極點時，卻又鬆懈了。

張揚拎起電腦包，到東校區圖書館看論文，決心等明天樸茜走了再出來，但他瞪著論文卻看不進去，腦子裡是樸茜和他說話爭吵的模樣，像停不下來的樂曲，一首接一首地播放，一直播到早晨五點多，終於忍不住了，收起電腦跑回了青旅。

樸茜在往挎包裡裝東西，見張揚進來，緩慢地說，給我喊個計程車罷，張揚忙說我這就給你約。張揚問，上次去果凍粉廠你不是自己打車的，樸茜說，那是湊巧碰到了空車。樸茜聲音柔和了些，每次吵完，她生過很久的氣，終於不再計較時，就會這樣。張揚說這麼巧，走，我們下樓等車。

到了機場，張揚說，我得回校區了，九點的課。樸茜卻不像在望著他，而像在望著某個很遠的模糊的東西，她說你去罷。

張揚哆嗦著抱了一下樸茜。他又聞到了樸茜臉上的味兒，那是她獨有的體味。這些天她在張揚旁邊，張揚卻沒仔細聞，現在要走了卻聞到了，很遙遠，像當年在湘江邊抱她時，湘水

在側，熏風在側，那時的她的體味，像他們剛結婚時，他摟著她睡覺，她散發出的體味。有時張揚半夜醒來，滿床都是樸茜邊睡邊發出的熱烘烘的味兒，像烤爐似的暖著張揚，張揚趁樸茜熟睡，扳過她的臉貪婪地貼著，把那味兒往鼻子裡吸，那曾是比酒都讓他醉的味兒，張揚吸一會兒就邦邦地親她的臉，把她親醒，她瞪起傻大的眼不明白咋了，一見是張揚，哼一聲翻個身把他抱住了，奶子肚子和腿貼著他，把他又纏進了這體味中。現如今張揚卻不敢靠近她，才一聞，心口就像插進了一塊烙鐵，滾燙地灼燒著他。張揚離開樸茜的肩膀，翻了翻手掌算是再見，轉過僵直的身子，去對面公交站了，他自始至終沒回頭，不知道樸茜是站著目送他一會兒才走的，還是直接走的。

第五章

1

　　傑森與施雪純驅車到威廉斯敦的喬治街三號，開門的果然是馬梧，馬梧說你們來了就好，現在就把她帶走，說罷到裡屋領出了個小女孩。施雪純看著這孩子，孩子也怯怯地望著她，施雪純走過去蹲下了，滿眼喜悅地說，我是媽媽，還記得嗎，當時我還抱著你在屋裡跳過舞的，我們聽老歌濤聲依舊，像兩個小情侶一樣，當時你好短小，我就這樣摟著你的腰在空中抱著，握著你這只小手跳，轉了好多個圈，你高興地一直咯咯笑，你還有印象嗎？說著捏露露的小手心兒，小女孩瞪著小眼，忽而咧嘴哭了，說，你怎麼才來，施雪純也慌忙哭了，用掌心擦自己的眼淚，也擦露露的，邊擦邊說，媽媽一直找不到你，傑森輕拍著施雪純說，我們邊走邊說，怕生變故。施雪純抱起露露，和傑森急匆匆地走了，走前她對馬梧深鞠了一躬，說，謝謝你。

　　馬梧進屋收拾了也要撤走，再開門卻見一輛車停下了，下來的竟是小盧。馬梧儘量鎮定著說，盧哥，你可算來了，小女孩跑了，估計是被那女的抓走的。

　　小盧彷彿沒有懷疑，只說我知道，胖鬍子已經去抓他們了，我們先走。他拽著馬梧上了車，開車的是大力，大力說，盧哥，我們會不會暴露，小盧說，盡人事聽天命罷。

　　車向荒原的更深處開去，兩側是大片的草場，遠近起伏的

山上滿是光滑平整的綠色，在頭頂的太陽下輝煌地展開，大力和馬梧不禁都往窗外看，大力讚道，真他媽壯觀，跟露天宮殿似的，盧哥，這才是最好的酒吧，最好的party場地。小盧卻說，把心收回車裡，別走錯路。

車跟著導航拐進小路，到了一座木房前，眾人下車。傑森已被捆在廚房的管子上，施雪純在廳裡被捆坐在椅子上，小女孩已被胖鬍子控制在臥室裡。

小盧問，說了沒？胖鬍子說，這傑森嘴硬，就是不說如何得知我們藏小女孩之地的。小盧說，先不管了，反正他們都要死，來，都過來。說著把胖鬍子和另外兩個打手叫到廳裡說，你們議一議，誰來頂罪，我給錢。

胖鬍子摸了一下鬍子，猛地抬頭說，哥，不是說好了有福同享有難同當嗎，大家是兄弟，抱團一起頂罷，也顯得我們中國人有骨氣，小盧說，別他媽傻了，骨氣在這年代有啥用，爭鬥這麼激烈，一步走錯就玩完了，還是錢好使，主要是開槍打死那爛貨莎莎和員警的事，不是我怕死，而是我還得跟國內那幫孫子繼續鬥下去。

幾人不說話，都把臉垂下。

小盧忽而盯住馬梧，眼睛閃了閃說，小馬，咋把你忘了，你頂！馬梧的胖臉霎時慘白，盧哥，我正準備回去帶妹妹做手術的。小盧不願再聽了，說，別再提手術，你妹妹要一百個腎我都能給找到，陪床也不用你去，我給你安排人，但你要是不頂，一千個腎也救不了你妹。

馬梧抖著嘴唇說，既然這樣，我盡量。小盧生氣地說，什麼盡量，讓你頂什麼就頂什麼。

小盧讓馬梧胖鬍子去門口守著，大力去看住露露，他自己走到施雪純身邊說，你這女瘋子，你瘋了不說，還把別人逼瘋，在中國瘋不夠，還瘋到澳洲，還說這是我的女兒！

　　他撥楞一下施雪純的頭，施雪純卻仰面說，你嘴上這麼說，心裡卻相信的，是不是？

　　小盧說去你媽的，都是你害的，沒有你就沒有這一切，施雪純神經質一般地說，你玩兒我的時候沒想到會有今天吧，沒想到繩索這麼長，把咱倆都纏住了，對吧？

　　小盧說，你該死，你死了世界就亮堂了。

　　小盧很是異常，像被施雪純審問著似的，施雪純不依不饒地繼續說，你還從來沒被人這樣真誠地對待過，一個女人從中國歷盡千辛到澳洲找你，你打她，甚至威脅殺她，她都不走，還是要找你，你還從沒見過這種事，你被嚇著了，對吧？

　　小盧抓狂一般地說，再不閉嘴你死得更快，你這樣的瘋婆子有的是，別以為你奪人眼球，我有幾百個這樣的女的呢！

　　施雪純卻說，你見多識廣，卻沒人肯這樣對你，這世界上根本沒人愛你，全是恨你，貪你的錢的，不信你跟裡屋的黑傢伙和外面幾個人說你破產了，看他們還跟你不？他們准會揮手說，盧哥加油！興許還握握拳，跟肺炎流行那年說中國加油一樣，說完就跑，不信？敢不敢做個試驗？你不敢，因為試探出沒人要你，只有一個你嘴裡的瘋婆子不貪你錢，肯陪你玩兒，你就完了。

　　小盧哆嗦著說，你不貪錢，你比誰都貪！

　　施雪純笑眯眯地搖著頭，到這麼讓人絕望的時候了，你還這麼傻，你不是一直說殺我嗎，空說多少次，就是不殺，你還

愛我，別不承認，你還愛我。

小盧無奈地冷笑著，我從沒愛過你，我是不想因為你這只螻蟻壞我的大事罷了，這世界根本不是給你們準備的，你們不是死就是活受罪，不只你，還有張揚，傑森，你們這些平頭百姓不好好在國內呆著，跑到這兒仍然不受待見。

施雪純說，少扯他們，是我害了他們，尤其傑森，下輩子也還不清，而且很可能沒下輩子，所以永遠也還不清，但對你這惡魔我沒有絲毫愧疚，接下來你要倒的大黴是你自找的，我想幫也幫不了你。

小盧說，我確實後悔，時間要能倒回，我肯定不攛掇你來北京，或者幹幾回就讓你滾的，絕不會弄個地方養你兩年。

施雪純似乎察覺到了某種她想要的東西，她亢奮地說，別做夢了，我只是來找女兒的，我，和你這禽獸生的女兒，她有你的優點，我是說，如果有另一個時光下另一種版本的你，你仔細看看她的額頭和眼睛，是不是像你的，她機靈、有頭腦，這不正是你這禽獸具備的嗎，然而她是個可愛的小天使，你這禽獸生的卻是個天使，你差點殺了你親生的天使，這就是你的報應。

小盧似無法再忍，臉抽搐著用槍狠勁兒指住施雪純的眼角，你這瘋女人，你絕不會吸取教訓！

施雪純熱淚盈眶，強扭著頭，用淚眼深深地看著小盧說，太晚了，走得太遠了，別說吸取教訓的話，你也不會的，人都不會的，所有人難道不都是一個整體嗎？我們難道不都是整體的「人」的一部分嗎？你開槍打死我，槍子也會射在你身上的，你還不明白嗎？

露露忽而從裡屋掙脫了，跑出來大哭著，別殺我媽媽，別殺我媽媽！小盧一腳把她踢倒，但又不像是那麼使勁，踢完還看了看她，像怕踢壞她，然後像糊塗了似的，撒癔症一般握著槍站著，露露爬起來蹴在牆角，小聲啜泣著，依然在說，爸爸，別殺媽媽。

小盧全身一顫，指著女孩說，你說什麼，女孩仰起淚眼，正張開嘴又要叫爸，小盧像驚恐至極，伸手想把她的嘴堵住，他大聲說，給我打住，大力你吃屎呢，還不把她逮去！

大力忙出來把露露拎進裡屋。施雪純又眯眼笑著說，還說不信呢！

小盧像野獸一樣大吼，屋裡同時響起露露的哭喊，跟著是清脆的一巴掌，把哭打滅了。施雪純說，你女兒被打了，快去救她，這是你表現父愛的機會，聽我說，你還有機會的，快去救她！

小盧聽罷，竟真像夢游一般遊到裡屋門口，背對著施雪純，朝屋裡看，施雪純不知道他看到了什麼，關切地伸出頭也想看，然而這時，小盧突然轉身，抬起槍口，冰冷的臉上毫無血色，施雪純急切地瞪著眼像要說出一句什麼，但還未吐一字，槍就響了。

紅的、花的、各色的碎末像彩燈，掙脫了繩子飛起來。椅子為之傾倒，身子為之傾倒。在小盧的面前飛落，飄落，鮮豔，觸目。

屋裡又有了哭聲。這次沒有巴掌。小盧靜默地站在哭聲之中，他說，給我從冰箱拿一瓶啤酒，要最涼那罐。

大力拿來了。

小盧坐到施雪純禮花碎片般仍冒著熱氣的顏色旁邊的地上，慢慢喝著冰啤。喝完一罐，看著手裡的槍，低聲像在自語，我去廚房解決傑森，你們收拾東西準備走。

門口人聲喧騰，胖鬍子沖回屋子說，阿紅的人來了，再不走來不及了。小盧哦一聲，仍坐在地上，像坐在墳墓裡一般安靜。馬梧和胖鬍子把他拽起來，大力揹著露露出來，小盧卻說放下，大力說不帶她嗎，小盧仍面無表情地說，放下。

小盧他們剛走，紅姐的車隊就來了，救下了傑森。露露跪在施雪純身邊，把地上灑落的漸漸冷卻的顏色一塊一塊地撿起，每撿一塊，就放到施雪純倒下的身體的脖頸斷裂處，嘶聲哭喊一聲媽，滿手腥紅的腦漿和血，仍拼力撿著喊著媽，聲聲哭喊像要撕裂空中熱辣而凝固的腥氣。

傑森從廚房出來，紅姐遞給他一封信說，雪純說萬一她死了，叫我交給你的。傑森展開，信上寫道：

> 親愛的傑森，你讀這封信時，我恐已身死，而若我仍未死，我允諾將我浮塵般的後半生託付於你，因為你值得信任。有愛是幸福的。我知道你愛我，可我已沒法報答你了，而且，我已很難再感到愛情了，愛是伴著犧牲的，你對我的犧牲令我震驚，也讓我羨慕。我的愛彷彿只能給女兒了，它支撐著驅動著我的靈魂，它也是強大的愛，和愛情一樣強大，但除此之外我已一無所有。許多年前有過，但是是朝著那惡魔——對，是盧從戒——的。我家在邢臺，父母是政府的底層官僚，我不願多提父母，他們深深傷害過我。我十六歲去找盧從戒，

他把我幽閉在了北京郊區新田城，那段恐怖而甜蜜的時光讓我一度悲傷而貪戀，時過境遷，我依然一回憶起來就咬牙切齒，甚至熱淚漣漣地咬著嘴像個老人一般哀歎著，他幹嘛對我那樣，這個可憐的惡魔，他幹嘛對我那樣——多可恥啊！我此刻放下筆雙手像小姑娘一樣蓋住臉，臊得沒地方躲。但我依然決定向你敞開心扉說下去。傑森，我們雖相識不久，一直以來都是我給你添麻煩，但你的話語像深潭之水一樣寧靜清澈，它漸漸成了我的力量之源，我多希望它能源源不斷地流向我，讓我安靜地長存。讓我們一起祈禱有來生，好不好？今生的我在關鍵的韶華時期已被那魔鬼佔有，我恨他，但只有他在我身心裡存在過，我不斷深陷入與這魔鬼的泥沼般的關係中，懷上露露之後，我被他拋棄了，他得知我有身孕就打我，打完拉我到北京西站，叫我回家打胎，但這惡魔毀掉的決不只是我兩年的時光，他讓我深陷入長期的難以反轉的巨大影響中，我已消失兩年，父母早以為我死了，我回去後他們的激動興奮和恐懼，你能想像到。父母起先不清楚我懷孕了，但掩蓋不住肚子一天天變大，父母不同意我生，我卻執意要生，因為這是我的人，也是我頭一次自己能決定的命運。包括這孩子的命運，也包括我的命運。我再次離家出走，剛從一個魔窟逃出又走向另一個，直到有人願意提供幫助，好歹這男人不算惡毒，我伺候好他，他也就幫了我，直到生下露露我仍不敢回家，在那段痛苦又快樂的時期，我才十九歲，本該高考的，我從小勤奮好學，中考考過全市第

二，高一在網上認識的那個惡魔，被他言語哄騙，將他當作了遠方的星光和唯一的希望，孤獨之中繞過重重阻撓去北京找他。去之前我已感到極大的未知的危險，但依舊跳入了深淵，如果在我跳之前，有人用善意與愛而不是嘲諷和指責提醒我一句，不管是家人還是師友，我後來的人生就不會那樣了，而會一如既往地順利美好。我沒有閱歷，怎能預料世事殘酷而且無法逆轉。我的人生目標早已潛移默化地改變了。我雖愛女兒，卻時常念及自身，深感危機四伏，悔恨不已，甚至在給她餵奶時曾屢次幻想，如果她死了，我能不能走出去？如果捂住她的口鼻，只需一會兒是否就逆轉了危機，過去的罪孽就可以洗淨了，並僅僅像經歷了一段插曲一般回到正路，重新生活？露露望著我笑，我心驚肉跳的，趕緊收起脆弱的情感笑著逗她，彷彿被她識破了我罪惡的念頭。露露活得越來越健康，我也越來越愛她，傑森，你見過那樣一團粉撲撲的肉臉和身子嗎，你忍不住就想張開翅膀，把她罩住，你心比她軟軟的肉和骨頭都軟，她骨頭真軟，你抱她時動作稍微猛一點兒都彷彿她骨頭要折斷似的，每次只能又慢又輕地抱起，有時也逗她，拎著她的腳倒吊起來，再放回床上時，頭先挨的床，脖頸就像要扭斷似的，你得把她稀軟的身子放下後趕緊把頭翻過來才行，因為她不會翻身，非要憋死自己不可。然而，對露露的愛卻又伴著對那消失的魔鬼的瘋狂的追憶，他打亂了痛苦和甜蜜的界限，使一切鑄成無法挽回的人生，記憶和懷想已然侵蝕了我身體的內部，經歷過

和沒經歷過原來竟是如此不同！但我不依不饒地不願意放棄，我深受其害，但我仍想從受害者的枷鎖中跳出去，把沉重的烏龜殼掀走，光著身子擺脫它們，把它們踩在腳下並從此傲視它們，或者把它們變成純粹客觀的和無法影響到我的東西，然而難以做到，感情彷彿說不清道不明似的。但是隨著我不斷擦拭傷痛，刮那刮不掉的烙印，我卻也磨煉出了堅忍而絕望的勇敢，這就是為什麼你看到我為尋找女兒而如此執著。多麼不可思議啊！我不斷努力，對痛苦不斷地擺脫，卻讓我和痛苦越發糾纏地融為了一體。露露兩歲時，這後來找的男人也厭棄了我，——是我先對不起他的，我和他在一起時內心卻瘋狂掙扎地圍繞著如何擺脫那惡魔。無奈之下，我只好帶露露回家，重新跟父母談判，父母說你都快成野人了，你難道有能力養她嗎，你還怎麼嫁人，我們還怎麼面對親朋，我們走在路上都抬不起頭的。這些聲音從耳朵沖進我的頭裡要把我震碎，我捂著耳朵大叫著抱著露露說，你們要敢傷害她我就跟你們拚命，父母發現我很堅決，只好謊稱這是親戚家的小孩，但露露三歲時，父母終於尋著機會，周密策劃並把露露送走了。我幾天幾夜哀哭不吃飯不睡覺，父母認為我瘋了，竟買了鐵鍊把我鎖在家裡的暖氣管上。最終他們拗不過我，告訴我把露露賣到了澳大利亞，說你去找吧，找到了永遠別回來。我向他們索要第一聯絡人的電話，他們怕被人找麻煩，死活不告訴我，只說賣給澳洲的紅姐了，叫我自己打聽。我就再次漂泊，到處做兼職掙錢，半年後，即去

年五月，終於來到了澳洲。雖說女兒是我與我過去的罪惡的唯一的現實紐帶，如果紐帶斷了我剷除心中的惡魔勢必會容易很多，但我仍要找我的女兒。我承認，我對我女兒的愛並不崇高，彷彿是一股原始的勁頭，像颶風一樣搖撼著我。誰料想，來到澳大利亞之後，這惡魔竟也在這兒等著我，造化弄人，他竟不知道他要戕害的是自己的女兒。可是傑森，我遇到了你，你的出現使我的精神發生了新的變化，我本來對於尋找女兒的事抱著破罐子破摔而放任的勇敢態度，但認識你之後，我意識到不能放任，我和那魔鬼間的地獄般的瓜葛誕生出的卻是純潔無辜的天使般的人，這事開始引領我向新的方向思考，雖然還沒想通，但每次思考完我都更加靜定了。我們見面的次數不多，但我們之間的關係不是被邪念所控制，不存在利弊權衡，也不存在引誘與逃離，在你瘦弱而文質彬彬的堅忍神情中，我看到了生命的另一面，一種我追求過的但還沒有達到的一面。從你時常無聲但充滿愛與篤定的目光中，我感受著不幸之中僅有的一點幸福。這並不是說我就愛你，我清醒地知道我不愛，而是說，與你在一起時，我從對你的愛的目睹中獲得了深深的幸福，我因作為你的愛的對象彷彿就也捲入了其中，幸福地成為了你的愛的參與者。然而，那巨大的代價堵住了我的路，我彷彿歷經滄桑而無法再使外物輕易地波及自身了，如果能在這次危機中存活，我希望我能變強大，能重新獲得——比如你，比如基於你對我的深愛我也應同等給予你的愛，但現在我只能心存感激。找

到女兒並撫養她依然是我唯一的目標。我太累了，彷彿
難以再堅持著活著，每天清早，我看著澳大利亞的綠草
和陽光，都無比激動，彷彿這是我最後一天，這種想法
愈發強烈，帶著這想法我寫下了此信，我不該在這時死
去，但不祥的預感時時逼催著我，如果我死了，我囑
託你撫養我的女兒露露，撫養書已另行擬寫，屆時一併
交付給你，望你照顧並守護著她，不要把她交給任何
人，在這世間唯有你值得我信任。期盼下一世能愛你
的：施雪純。

　　傑森讀罷，潸然淚零，信紙被淚打得又濕又軟難以握住，
傑森疊好信，裝入衣兜，蹲下來摟住露露小小的身子說，媽媽
看起來像是不在了，但其實還在的，不只是在你眼前，更完好
地在這世界的某個地方的，在看著咱倆的，她見你我哭成了這
樣，也會傷心哭泣的，所以咱倆不哭，咱也不把她丟下，叔叔
帶著媽媽，走到哪都帶著，也帶著你。

　　傑森再次垂淚，扶起施雪純沒頭的身子，解開她綁著的
手，把這變形了的滿是血的身子抱起，露露拽著傑森的衣角，
阿紅一眾望著他們，剛走到阿紅的車前，傑森就像抱不住這一
路灑血的輕盈的沒頭的身子了，暈倒了。

2

　　張揚的實習安排在了聖三一中學，負責帶領他的是白人女數學老師Jade，和張揚年紀相仿，瓜子臉，黃色的睫毛從深眼窩裡伸出，下面是更黃的眼珠，第一天迎接張揚很客氣，帶他參觀校園，領他到辦公室說這是你的桌子，但很快她臉上的熱情就像火苗熄滅了，她說我先去上課了，張揚問我用一起去嗎？Jade無動於衷地說都行。張揚記得大學囑咐他們積極融入，原則上要帶滿十節課，要爭取上講臺的機會，但也要配合中學並拿到帶你的老師的好評，因為評語的書寫權全在這老師手中。

　　張揚對Jade說，我跟你去教室。

　　到教室，Jade簡單介紹來了個實習老師張，希望同學們歡迎，但並未讓張揚上臺自我介紹，也沒有國內那套常見的歡迎和掌聲，學生們僅好奇地看看張揚，很快Jade就開始說班務，把張揚晾到了一邊。

　　張揚聽罷幾節課，摸清了Jade的講課路數和章節內容，下課問，下節課能不能讓我上，Jade低頭整理東西，只說，你們實習主要是觀察課堂，張揚說大學要求我們上滿十節課的，Jade說我問一下你們大學的coordinator罷。

　　張揚詫異Jade彷彿不瞭解情況，按說大學早已把實習要求發給Jade了，不知Jade沒看還是不認同。不過檔確實太長，有

對中學的要求，對中學帶領教師的要求，對實習生的要求，對實習內容和考核標準的要求，洋洋灑灑幾十頁，看得張揚腦殼暈。

張揚見Jade不答應他上課，就在Jade講課時在教室裡轉悠，像助教似的監督學生，解答問題，過兩天又提上課的事，Jade不情願地同意了。張揚有意地放慢語速，他實習前曾記住了諸多數學表達方式，雖口音不規範，但吐字清楚，講解到位，ppt做得詳細，學生因此聽得很明白。

下課後，Jade把張揚叫到旁邊，在紙上記了好多吹毛求疵的缺點，如沒有注意學生的反應，英語不規範要訓練，說下次希望他改變，張揚連連同意。第二天講課，又被她記下很多別的問題，同樣是下次注意。張揚想辯解，忍住了，事後又想，是不是不忍更好，沒有的事如果我亂認，反而成為了他們說我不行的口實。

張揚覺得Jade似乎看不慣他。不如不上講臺更好，雖然規矩是大學訂的，但給自己打分的卻是實習老師。到底是哄好實習老師呢，還是按規則把課帶好？

若一味巴結Jade，不按要求去上滿課，可能被她認作能力不夠，但積極上課也會更多迎來Jade對他的不認可。

張揚的實習歸Jade管，Jade若不滿意，任何人也沒法改判，校長也無權。這樣的社會裡，主事人有極大的量裁空間，譬如現在，張揚知道Jade不喜歡他，若討好她不當，反而成為張揚不守規矩的證據。是張揚自己要求上課的，再說不上恐怕不行了，硬著頭皮也要上。

Jade指責張揚，張揚口頭承認，精疲力盡地回青旅後，

當天把下節課的自我進步計畫發郵件給Jade，心裡邊罵傻逼Jade，邊發感謝Jade指教並幫助自己進步的空話。幾天下來，終於和Jade達成了工作上一定程度的默契。

第一次實習較短，結束的前一周，Jade給張揚的中期報告卻是個in risk。張揚詢問，Jade說，張，你雖有進步，但仍沒達到水準，但如果努力仍有希望。張揚頭立刻大了，竭力有禮貌地說，第一次實習我們不被期待達到水準，大學安排了三次，第一次主要考察我們的學習能力，我希望在你的帶領下培養這能力。Jade挺滿意。張揚說著假大空的話，跟國內一樣，只是換成了英文版的假大空。

其間，傑森打電話說小盧被抓了，罪證分明，將在六月二十日首次開庭，問張揚是否肯出庭作證。張揚婉拒說，那時他要寫五千字的總結論文，時間會很緊張。

張揚暗自琢磨，應付著Jade，既配合又顯得有能力。他跟Jade說的每句話都事先嚴格地經大腦篩選過，分析覺得得體後了才說，說時卻彷彿自然、真誠。

每天實習結束，張揚反覆捫心自想，我到底在幹嘛，我真想在這兒工作和生活？不過，也可以拿到綠卡再回國。但綠卡有期限，過期就作廢了，或每三五年就得回澳呆個兩年，但難道每隔三五年就辭職換一次工作，一輩子為守住綠卡這樣活著嗎？

綠卡給予他選擇的機會，卻也限制他的選擇。但到底該選擇什麼？出庭作證嗎？

張揚沒答應去作證，是因為他媽前幾天說，有人給家裡打電話了，說你兒子在國外要注意言行，別與反華或港獨分子接

觸，如不聽警告會有麻煩的。媽媽害怕了，電話裡說，別覺得在國外就能隨便說話，他們厲害著呢，你出趟國多不易，一輩子恐怕就一次機會，大好機會葬送了就又得回來，在底層受氣了。你爸和我歲數大了，你爸前一陣因為買房買虧，鑽牛角尖想不開，還得我哄他，往後你就是咱家的頂樑柱。

張揚想，我經歷了這麼多，回國不可能像白癡一樣，傻樂呵傻活著，既然在哪都孤獨，不如就在國外，國外本來就該孤獨的。實習必須取勝，這兒和中國一樣，只認勝者，作為外來人，只能先擠進去再說。

張揚真正的自我彷彿保藏了，潛伏了。

他依然沒有把握准人生的定位，傑森胡，禮花般綻放又逝去的施雪純，甚至小盧，都有明確的人生定位，樸茜也有。我呢？我甘願走的到底是什麼道路？如何找到？找到之後會不會有勇氣走下去？

莎莎的血還在我兜裡貼著，我卻不敢出庭，去指認目睹了那個惡棍殺死莎莎。可恥。可一旦豁出去了，下一步怎麼辦？想到下一步，又像正在沸騰的水中放入了冰，立馬不滾了。

可傑森和施雪純呢？他們也是憑衝動嗎？純粹的衝動維持不久的，但他們卻是真的，他們雖有衝動，但冷靜下來依然堅持著。

張揚思前想後，覺得效仿不來他們。他要摸透自己的斤兩，摸准自己的脈搏。

張揚想到爸媽，還有樸茜。這些活生生的家人和其他人一樣，先幫了他們又有什麼不好？頭一次這麼想，雙腳像踩著了地面。至於自己的方向，邊走邊尋覓吧，能做就做，不能做

的，就先背負恥辱。

澳洲氣候冷了。總算熬過第一個實習了，沒掛。很累。倆月後的第二個實習等著他。

實習結束半個月後，是阿德萊德法庭第一次開庭審判小盧們的日子。布魯加拉青旅空蕩蕩的，冬天將至，人們像鳥一樣飛到暖和的北澳打工了。張揚在床上或休息區沙發上躺著，記憶從腦殼的深處往外冒，像血從心臟向外流。

傍晚到陽臺上透氣，這時會想起樸茜。樸茜彷彿泥土下無聲生長的樹根，像強大無形的龐然大物，但另一個樸茜又很可憐。愛是內心的，恨也是，愛恨交織都是。但樸茜不是內心，是人，張揚攥著拳頭重複著，是人。

樸茜像張揚自我觀看時的一面鏡子。張揚想打碎這鏡子，但又提起精神說應該打碎的是自己。法桐樹蒼老欲垂但仍不屈不撓地掛著的樹葉嘩嘩地響，像在用另一種語言回應著他，樓下的車聲飄來，空氣中摻入濕漉漉的水汽，像剛來澳洲時一樣，不覺已過去快一年了。

開庭那日，張揚一早去了法院，路上他給樸茜撥電話說，施雪純死了，小盧當著他們倆的女兒的面把施雪純殺死的。

樸茜沉默了一下說，聽著好遙遠。

張揚說，我要誠實，我做不到我期待中的我，但至少不能再卑劣地捲入同樣卑劣的東西中了，我沒什麼好辯解的，但在泥淖之中滾爬過後，我至少不能再假裝了。同時，我也不想再惡意地揣測，而且那些不重要了，我至少要對自己誠實，也就是說，不管你怎樣對了我，我其實——

電話那頭猛然反問，你真要對我說嗎？

張揚說，我覺得應該——

樸茜不給他機會，說，告訴你個事，張曉的老公死了。張揚懵了，問，怎麼回事，那張曉呢？

樸茜講述了經過。

張曉和李情結了婚，李情惡習不改，絕望的張曉為了讓他安穩地待在家，說反正你愛胡搞，乾脆給你找個人在家搞，但從此別再勾搭其他女人了。李情裝作不情願地答應了，直說老婆開明。張曉物色的是蓉蓉，她實際上想讓蓉蓉引誘李情吸毒，借此控制他，並非想讓他染指蓉蓉。

蓉蓉濃妝豔抹來了，脖根和手臂有傷，與張曉李情撕了兩隻燒雞灌了些白酒，蓉蓉說我又被抓了，那次你真不仗義，還是茜兒把我贖出來的，張曉說這杯算是賠罪，獨喝了一盅白的。張曉斜眼看李情，李情只顧色眯眯地盯著蓉蓉的胸，張曉就說，你看我老公咋樣，蓉蓉說，小夥挺帥的，張曉卻說，就是太好色了，你幫我調教調教，蓉蓉說這怎麼行。張曉拿出紙袋，抖開一摞紅彤彤的錢說，我老公啥都缺就是不缺錢，李情也尷尬地說收下吧，蓉蓉卻說，今天的酒燒心，真熱，就脫下了毛衣，只穿白短袖，圓繃繃的胸沖向桌沿又被擠了回來，李情眼光饞饞，蓉蓉已從口袋拿出煙絲和紙片，從紙包倒出些晶瑩的粉末，卷好遞給了李情說，來，先飄一回再說。李情僵著臉不接，蓉蓉卻說沒事的，這點上不了癮，我也吸的，說著也給自己卷好點上。張曉卻只顧狠命地喝酒。

門鈴響了，張曉開門問找誰，一個男的說找蓉蓉。來人是個略微駝背的黑矮結實的男人，對蓉蓉說你跟我回家，蓉蓉卻說誰讓你來的，男人說我讓我來的，我是你老公。蓉蓉翻白著

眼對張曉說，瞧我老公瘋了，還跟蹤我呢！張曉趕緊說沒事，來了就喝一盅吧！男人卻竭力鎮定著說，你才瘋了，又想亂搞。蓉蓉氣不忿地說，老子就是亂搞，這是張曉的老公，比你行，你不走就在旁邊看吧，只要你能看得下去。

男人聽罷，匆匆走到蓉蓉跟前，二話不說就一推，蓉蓉登時不動了，亮紅的血在白衫上蔓延，男人手拉鋸般地甩動，半個蓉蓉變成了血紅色，眼神已然灰死，摔倒在椅子上，男人默不作聲飛快地又走向李情，張曉不知道哪來的勇氣，沖上握住刀刃，男人力氣大，刀刃帶著張曉的手揮舞，張曉死不鬆手，嚇得李情往門口蹭，趁那男人不備奪門跑出，沖到樓道卻又被揪著拎回了屋，連捅十一刀，男人卻放過張曉走了。蓉蓉和李情當場死亡，員警至今仍懷疑那男人是與張曉串通好的，卻找不到證據。

樸茜大致說完，又說，你在聽嗎？張揚說在。

樸茜說，張曉人在醫院，我去看她了，她說過去的事就算過去了，又說她要好好活著嫁個好人家，怕早死了下去又見著李情，在陰曹裡再氣死一回。張曉說這話時，眼在流淚，張揚，你也哭了？

張揚在電話這頭嗚嗚呼著氣說，我沒哭。樸茜說，你終於可以找張曉了。張揚拽了拽領口，我誰也不找。

樸茜突然說，我們離婚吧。

張揚說，你每次這麼說，說完就不再提，這麼大的事當兒戲。樸茜說咱倆不合適，事情發展到這一步，也沒法繼續下去了。

張揚剛好來到了街口的郵政大樓之下，他仰頭望見樓頂的

維多利亞塔的尖頂在法桐樹的層層遮擋之上直刺向藍天，他穿過馬路，阿德萊德的冬天雖陰冷，今天卻出了太陽，弧形彎道右側樓上的黑藍的玻璃像水面一般熠熠閃光，對面的人穿著西裝打著領帶，匆忙而精神抖擻，陽光像熱騰騰的水霧蒙在他們臉上。城鐵叮鈴一下，在軌道上咕咚咕咚從張揚左耳邊駛過，露出維多利亞廣場草地的金色與綠色，陽光就是從那個方向撞開厚重的濃雲噴射下來的，像抒情詩激動的語句。張揚說，行，就這麼定了，別再反覆。

樸茜說，誰反覆誰姓倒著寫。

張揚說，那你早該倒著寫了，我一回去就和你辦手續，我不輕易做決定，可一旦決定了就要認，別折騰自己折騰我。

樸茜說，沖你這話，就絕不會。

張揚掛斷了電話。不痛快，但又鬱悶不起來。相反，外界的空氣彷彿終於能暢通無阻地進入他身體了。他吐納著，站直身子，身體捆住的部分也像被鬆開了，霎時輕盈了。他走到灑滿金光的綠草中坐下，內心飽滿而充沛，他體會著這變化，彷彿脆弱、不平穩，很容易打破，他在草裡讓陽光照著自己，儘量守護和靜觀著自我，固定在這嶄新的祥和中，節制著內心，不去擾動。坐了半個多小時，張揚發現已能控制狀態了，就站了起來。他又收到樸茜的消息，說，你早想跟我離了，是吧。他又像要跌進狹窄的愁苦中了。但這次感覺卻不一樣，他把樸茜的微信直接刪除，關掉了手機。

法院旁聽席上坐滿了人，門外也是人，張揚擠不進去，在人群外駐足。法庭即時的情況從裡向外在人群中像病毒一樣傳遞，被審判的有小盧、鐵項、胖鬍子、大力和馬梧等人，還有

澳洲議員盧比。涉及走私、人口販賣、殺人、性侵、間諜罪等多條罪項。小盧原本策劃讓馬梧頂大部分罪的，但閔叛徒和傑森及露露出庭做了控方證人，閔叛徒準備充足，把小盧眾人走私販賣人口和器官、賄賂澳洲政客等罪狀，像做學術一樣扒梳得很清楚，警方也出示了許多證據，包括議員盧比與小盧的勾結，以及大力槍殺員警。盧比很可能被判間諜罪。

　　員警陳述了對小盧走私團夥另一個走私犯紅姐李小紅的調查結果。紅姐在逃，正被通緝。然而員警說罷，立刻有證人述說，祈求法庭對李小紅網開一面，共有十五個香港證人，場面頗壯觀，他們撩起衣服給人看在香港被毆打的傷痕，說紅姐救了不少像他們一樣的人，活動仍在開展著，千萬不要抓紅姐。

　　消息傳到法庭外，群情激憤，許多香港人打著「解除對李小紅的指控」、「五大訴求缺一不可」的標語，有人看到了法庭傳出的傷痕拍攝，熱淚盈眶，大罵著撲該，哭喊聲變成了吶喊，弧形路對面的草地聚集著拿紅旗的，跟他們對著臉喊，也有喊支持小盧回國受審的。紅旗舞著舞著就變作了長槍舞向香港人，員警用警棍攔截，亂作一團。

　　關於施雪純被殺一事，露露指著小盧說，他是我爸爸，他殺了媽媽，我看見他把媽媽綁在椅子上用槍打死了，說完小手摀著臉哭。

　　在場者無不義憤，小盧的義憤更最是填膺，他義正言辭地說，所有的指控全是對我的誣陷，中國已到了危急存亡之秋，已道德淪喪，已失去了民族的尊嚴底線，我作為堂堂中國人，堅持回國受審，在澳洲什麼都不會招認的。

　　法官卻說，我們已和中方溝通了，中方的答覆是，盧從戒

是北京籍的留學生，僅此而已，他在澳洲的違法行徑純系個人行為，法院可以依法審判，中方既不介入，也不置評。

第一次開庭並未判決，但各方估計小盧這次完蛋了，會被判三五十年，甚至無期徒刑。但也有人說，就算日後進監獄了，也可能被逐漸減刑直至釋放。

在場的民主派紛紛擔保鐵項無罪，說YouTube性侵的視頻疑點眾多，且真偽難辨，不能用作證據，即便能也只涉及性侵，沒有走私殺人之類的事。眾人分析鐵項被判刑的可能性很小。

十二點左右，聽說庭審快結束了，各媒體記者不再閒聊，掐滅手裡的煙頭，拿著攝像機擠進人群最前端，凝神等著。結束前，馬梧忽而大喊，法官冤枉，我是替罪羊，他們逼我的！

法官用英語問他說了什麼，小盧的律師忙說不用管，他過度恐懼才大叫的，法官用從眼鏡上沿凸出的目光瞪著馬梧，宣布本庭結束。

鐵項最先出來的，像國家領袖似的對眾揮著手，人群中有人雀躍高喊民主必勝，許多鏡頭迎上來，鐵項剛出來就發表起了即興演說。

接著出來的是小盧大力和胖鬍子，員警圍著他們穿過人叢，記者圍著員警把拍攝架的高杆子伸向空中，一團人挪向警車。

傑森與露露鑽出了攝像機的羅網，張揚迎上去問怎麼樣，傑森說，除了莎莎被殺缺少人證之外，其他的證據都比較充分。

傑森伏身對露露說，這是張揚叔叔，我的好朋友，露露忙

叫叔叔好。張揚見露露的眼睛亮亮的，和施雪純的一模一樣，就俯下身摸著她的小臉說，傑森叔叔為你付出了很多，今後他就是你的爸爸，你要好好對他。傑森像有些不好意思了，說，我要帶她回悉尼，我還有學期末的演講要做，過幾天開庭再帶她過來，你也去悉尼逛逛吧？

張揚說，會有機會的，我忙完這個學期的事就去看你。見傑森要走，張揚喊住他說，你等一下。張揚說這句話時，身子正對著維多利亞廣場，他目光中有綠瑩瑩的細草上每一縷微小的閃光，有在陽光下由近及遠飄逸著的逐漸變淺變輕盈的流雲，呼之欲出的充沛感鼓動著他的兩肺，但並不使他躁動，而是像迎來了某個重要的時刻，張揚望著傑森，比起以前的自己鎮定了許多，他說，莎莎被殺的事，下次開庭我作證。

傑森略有些吃驚，但很快用手在張揚胳膊外側拍了一下，高興地說，好的，時間我會通知你。傑森與張揚告別，帶著露露先走了。張揚目送著他的大手拉著露露的小手，沿著弧形彎道走了一會兒，鑽進車裡，車在彎道上開向了草坪的另一側，消失在了威廉王子街的人流之中。

初稿畢於2020年2月14日
修改畢於2020年4月3日

後記——致x的一封信

尊敬的x：

　　您好！我承諾與您聊一聊《阿德萊德》，抱歉拖了這麼久才兌現。我四月初寫完它的，寫的時候睡眠充足，一醒來就鉚足勁兒繼續，寫完反而睡不著了，心空蕩蕩的，很累，但彷彿也不需要睡了，幹躺著累就能消解似的，連躺了一個多星期才恢復過來。故事已結束，我卻仍留戀著它，半個自己走出來了，另半個仍沉浸在其中。昨天中午騎電動車在夏初的太陽下遛彎兒，用手機WPS語音又聽完一遍，天氣很好，讓人想飄進空中，和灑在樹葉上的晃眼的陽光一起在風中滾幾圈，再回電動車上繼續騎。聽到結尾，我為主人公張揚的轉變，為能親自目睹、參與他的一切既感動又感恩，因為這拓寬並加深了我的精神。當然，這精神有些本身就源於我，我對它們進行了提純，但更多是因寫作被召喚起的。寫作雖不像身體鍛鍊，能改進肉體，卻能改進精神，使它愈加完善。我正在嘗試用力所能及的簡潔語言勾勒人類靈魂與世間萬物，我沉浸在孤獨之中，每天多數時間和自己的靈魂對話，這為我做此事提供了較有利的條件。在此期間，有些熟人到我家串門，他們並沒注意到這些，他們只看到了我日常行為的膚淺表面，而沒察覺到這些表面背後隱藏的精神力量，這些力量被我灌注進了作品，它們與我寫《未卜之夜》時的精神力量一脈相承。

我在澳大利亞待過三年，三年中無時無刻不既充滿希望又忍受著煎熬。二〇一六年回國前，因為上飛機超重，我丟棄了一箱一百多冊書在布魯加拉青旅（即小說中的布魯加拉青旅），我本來有幾個華人朋友在澳，但我不願麻煩他們了。我寫作時在具體事件上刻意回避了發生在自己頭上的屈辱，而改頭換面成了別的事，因為一想到它們就窒息和痛楚。小說的主人公張揚也是，他所面對的不只是西方世界，更有西方之中複雜而險惡的中國。張揚在海外遇見香港人遊行並結識了施雪純和傑森胡後被捲入的一連串遭遇，及他目睹的發生在莎莎、馬梧和出國找他的妻子樸茜身上的悲劇，均與此有關。此部分呈現在幾個大事件中，這些大事件經過了戲劇化處理，為的是凸顯與民主主義和極權主義有關的思考，而在現實中，海外華人在日常層面的互相傾軋更是雖然雞零狗碎，卻對人的傷害遠超出預想。

　　導致我寫本書的重要心理動機無疑是我在澳洲的留學經歷，它們尤其轉變為這些疑問：我們面對西方時矛盾細微、錯綜複雜的心理與處境究竟是如何產生的？我以為我只帶著自己出國的，並未背負別的，可為何一到西方，許多沒料到的東西全都爆發了出來？到底是什麼使我們在面對西方時既自卑又傲氣，無法平靜和坦誠？我們對西方和西方對我們仇視與隔膜的根源究竟是什麼？為什麼我們如此痛恨自己國家和社會中的不公義，然而到西方後又常不自覺地維護它們？我們來自於自身文化、民族和當前社會的屬性，如何才能以最恰當的形式或被呈現或被抹去，藉此更好地融入世界？澳洲的生活真相與西方自由民主的宣傳並不一樣，與中國的宣傳更不一樣，西方人和

我們、他們的社會和我們的社會究竟有何本質的不同？我在留學時過著可稱為悲慘的生活，與我構想的澳大利亞的美好藍圖迴異，這多大程度是澳洲社會導致的，多大程度是我自身導致的？我回想過往，每每捫心叩問，希望向自己展示發生的一切，或至少以圖景的形式，讓自己看清事件背後的細微原因與走向。這正是我寫本書的最初原因。我知道，千千萬萬留學生和當時的我處於類似處境中，我也在為他們代言，為帶著沉重的屈辱與枷鎖但仍試圖不屈地走向世界的中國人代言。這些社會與文化層面的東西，看似看不見摸不著，卻如影隨形地緊隨我們的肉體，無比強大，難以抹去。當時我常一邊束手無策，一邊奮力抵抗，並努力保持清醒，這些無不反映在張揚出國後面對西方時的種種遭際中。小說中的大事件都是虛構的，是為推動情節製造懸念和塑造人物而編織的，但主人公張揚面對西方時的體驗、拷問與掙扎則極為真實，那些大事件作為故事背景，增強了可讀性，並使這些真實部分得以嵌入，使其意義更加豐滿。

如前所述，主人公張揚在面對眼前的西方的同時，也在面對中國，不僅是在外國的那些「中國精英」或其他中國人，如高官子弟小盧、北京留學生馬梧、墮落而善良的時尚女莎莎，更是他背後的中國本身及其社會百態。張揚在接觸西方後對中國的言論管控、社會鉗制有了諸多思考，但他既背離中國卻又隔膜西方，這使他的社會屬性即將瀕臨無所皈依的迷惑，這正是許多有良知的底層海外華人的真實處境。

書中關於中國市井民情面貌的展現，體現在拆遷大戶李情遊手好閒的花花公子式的瀟灑生活上，嗜賭而賣身、放浪形

骸而又遊刃有餘地穿梭於家庭和社會間的女子蓉蓉身上，從農村闖蕩到城市、堅強地要嫁有錢人但又不斷敗北、因地方政府腐敗而致家族企業垮臺並落入慘境的張曉身上，與徘徊於這些社會男女之間並一次次陷入迷茫的男主妻子樸茜身上。張揚老家秦皇島是我小時候的成長地，書裡關於秦皇島的部分也融入了我目前居住地鄭州的事，如拆遷戶李情所在的都市村莊，玉米樓、梁實書店、漢江路的足療等。張曉的故事中昌黎蜜梨的事，源於一個在鄭州闖蕩的賣原陽大米的女孩，蓉蓉則更直接源於一個遊手好閒、妖嬈美豔的鄭州女人。

我試圖反映中國人的生存面貌，及他們面對自身、他人與世界時遭遇的各種困境。人物雖處於困境之中卻不甘於現狀，張揚、樸茜，在澳洲的傑森胡、施雪純、惡棍小盧、馬梧、莎莎、閔叛徒，還有國內的張曉，——也許只有李情和蓉蓉除外，其他重要人物都是如此。這些重要人物全在承擔著某種屈辱，並在自己的軌道上進行著對命運不屈而慨然的對抗。這樣的對抗使敘事語調時時有命懸一線的不穩定感，人物不斷凝聚於當下，全力以赴地想應對窘境，但同時又時刻在壓抑、隱忍與積累著，這樣的不穩定感和持久感，造成張力也造成耐力，造成不斷聚集越堆越多的力量和勇氣，使文本本身成為一種戰鬥，作為寫作者的我參與其中，和他們一起被命運錘鍊著。

《阿德萊德》主要以主人公張揚的視角展開敘述的，他留學並經歷痛楚，他的妻子背叛他他也背叛了她，他開始重新思索婚姻。他和《未卜之夜》中的張揚一樣陷入道德良知的困境，同時也具有《未卜之夜》中巴特勒的影子，他有軟弱性，也有自省和超越性，這些使張揚的存在有了普遍意義。他希

望最大化地找到自己所能長久依賴於之的精神土壤，追尋最健全、最符合人類良知並因此值得一過的生活方式。他不斷因為自身的經歷而改變著認識，真誠地追尋著人生的定位與道路。

張揚的妻子樸茜人在國內，在孤獨、掙扎與誘惑之中出軌了花花公子李情，之後不斷承受著屈辱與來自自身和張揚的責難。雖然她的境遇讓人同情，但她本身卻是軟弱被動、缺乏主見、隨波逐流、自私苛刻的人，這樣的人在藝術中有過張愛玲的曹七巧（《金鎖記》），現實中更有著千千萬萬。這樣的人物並不體現崇高的精神，卻時刻體現著命運的悲劇。樸茜和張揚是男女關係，和李情也是。男女關係構成夫妻，構成情人，構成愛情與色情，構成佔有與背叛，構成渺小與偉大。張揚和樸茜差異巨大，他們的交鋒體現著每個以自身為中心的個體無法最終從外界獲得共鳴、無法與外界融為一體，體現著人孤獨的屬性。樸茜亢奮的索要，換來的是一無所獲，她和張揚走得越近，越體現她的家庭追求在面對張揚時的徒勞。她和張揚相互欺騙、漠視與傷害，互為彼此的受害者。他們都不是惡人，但正因此而更讓人吃驚。

對樸茜而言，張揚代表了她所追求的概念化的家庭，李情則映襯她真實的自我與熱情。張揚以前也承載過樸茜真實的熱情，所以她不斷追憶往昔，追憶大學時期湘江邊上與張揚曾有的熱戀。婚後人的角色發生了轉變，激情難以融入長期穩定的家庭日常，從二人的關係中逐漸遁去，但渴望仍在，生命的活力與追求是不息的，現在的李情就是當年的張揚，樸茜在抓住生命力還是恪守道德之間，孤苦徘徊而難以抉擇。我們能看到被李情撩動之時的她不斷緬懷著與張揚的熱情似火的年代，李

情雖對她而言是邪惡的，卻陰差陽錯地總能喚醒她，李情作為外界誘因，恰好給樸茜提供了重拾生命活力的機會，是否要攫住機會，結果可想而知，特別是對於樸茜這種既軟弱又戰鬥不息和苛求完美的人來說。真實總容易戰勝虛假，樸茜不斷被點燃著真實，而張揚又遠在天邊，一切內外條件均已具備，她出軌幾乎是必然的。這顯示了命運無法逃脫的悲劇，雖然人在其中的反抗又那麼感人。

悲劇的發生會帶來一連串難以逆轉的惡果，這歸因於時間的不可逆。從張揚樸茜後來的發展，及他倆和張曉李情的交互出軌直到最終的分道揚鑣，便能看出。樸茜和張揚雖冷漠相對、惡語相向，卻都不斷沉浸在對二人美好往昔的回憶中，但過去再怎麼美好，也救不了現在，更救不了未來，一方面他們在意識的深處孤獨追尋，一方面卻無可挽回地越過越糟糕，彷彿記憶沒有任何用途，什麼現實問題都解決不了。記憶的美好和現實的黑暗在敘述中交相映照，造成反差，彰顯著時間的真實與殘酷。

與樸茜出軌的花花公子拆遷大戶李情，看似陽光，實則象徵著老滑黑暗、靜止成熟的現實世界。還有蓉蓉和澳洲的鐵項，他們都代表著無情的社會。樸茜卻不一樣，她至少仍是單純的，是沒有徹底墮入物質世界的。樸茜在面對李情時不斷發現自己單薄而無效，因對方強大而使自己屢被作弄，她在驚愕中一步步走在自己所不認同的路上。

相比之下，樸茜的閨蜜、李情的女朋友張曉則和樸茜不同，她有頭腦並有行動力，她知道李情的德行，但既然認准了他就沒什麼好說的，只能忍。她備受李情的折磨與背叛，但仍

不達目的誓不甘休，直至結尾以惡抗惡，最終導致蓉蓉和李情的死亡。張曉是清醒的，為獲取更大的成功肯於隱忍犧牲，這一堅韌不拔的精神卻一次次被外界不可抗的力量所傷。她不像很多男友出軌的女人，常去找第三者撒潑，而是以牙還牙，不聲不響地直接報復，工於心計而具有魄力。這個亦正亦邪的女人，從她曾經的創業，對婚姻的執著，對墮落的蓉蓉的鄙視中，我們看到她在對付現實時沒有停留於內在的思考，而是直接與現實戰鬥。張曉泥土般的性格與經歷，體現著奮鬥在中國底層的青年的真實面貌與處境。

　　如果說張曉的抗爭是基於現實的，施雪純的抗爭則是豪邁而理想化的。如果說樸茜的出軌體現了人的某個不慎選擇會帶來影響終身的連鎖反應，施雪純的境遇則更體現了這一點。一個優秀的女孩，從她選擇去北京找惡人小盧的那刻起，讓她日後付出慘痛的乃至生命的代價的悲劇基礎便已奠定。施雪純是非常重要的人物，她在罪惡的淵藪中飽受磨難，先是少不更事，自投羅網找到小盧並被囚禁，歷經波折生下女兒後，女兒又被冷酷的父母賣到了國外，她滿可以帶著療傷的心態重回最初，外界大可以大言不慚地說，她的處境是可選擇的，但命運和人性要是真的那麼簡單就好了，在看似能選擇的暗流面前，能將人捲進去的旋渦早已埋好伏筆。命運對人的烙印在施雪純身上觸目驚心，在痛苦罪惡中掙扎的她，一邊被惡人捉弄，一邊做好了整裝待發的準備。這讓我想起了《西西里島的美麗傳說》中的女主，她在被人扒光侮辱後仍要抬起頭活在他們之中。惡的結果在施雪純身上像一身心理病，以斯德哥爾摩綜合症的症狀呈現，可是哪怕明天就死，今天也要奮戰到底。這

個小小的黑黑的但高貴有氣質的同時又有些歇斯底里的形象讓人震動。她的斯德哥爾摩綜合症體現在她對小盧的病態的執著上，小盧虐待她，她卻在與小盧的感情牽繫中越陷越深。電影《壞小子》也寫過這種情感。不同的是，施雪純對自己的斯德哥爾摩綜合症是自知甚至好奇的，也是一直想努力擺脫的，她有較強的自我意識，這也解釋了為何她說話顛三倒四，為何她那麼能傾吐卻對自己的經歷守口如瓶。她有強烈的恥辱感，正因此，也有更強的推倒過去的自我和走向更高的自我的可能，——雖然故事中的施雪純沒等到那一天，但我們已看到了她如果活下去的話所可能具備的趨勢，而且她已經找到女兒，完成使命，雖然跌倒在了尚未完善的泥淖中，但已經很了不起了。對自身的病症有清醒認識比沒有認識更具悲劇性，就如關羽刮骨療毒不打麻藥一般。施雪純是崇高的受難者和抵抗者，她身上蘊含著無情的大自然對它的最高產物——人——的一切摧殘及人的一切反抗，蘊含著被磨難至近乎瘋狂的人性中仍具有的理性之光。如果她在讀者面前沒有以此樣貌呈現，是我沒盡到責任，而不是她的錯。我這樣誇她，因為她是我最喜歡的人物，她的現實源頭是一位元甘姓的香港記者。去年九月，我拿著自製的《未卜之夜》樣書跑去香港，在朋友何校平的幫助下，跑了一個又一個二樓書店，與店主談如果獨立出版後寄賣的可能性，九月二十八日下午我去爬太平山，那天是週六，中環有遊行，我爬山前路過金鐘閒逛時，甘女士的突然出現和對我猝不及防的採訪，使那場聲勢浩大的眾所周知仍在進行的抗爭一下子和我拉近了距離，我在香港除了好友何校平外，只跟她有過短暫但深入的交流，還加了微信，不知是否是作為職業

記者的緣故，後來她基本不搭理我了，令我遺憾，如能和她再次交談，我將覺得很幸福。雖然只聊了十來分鐘，卻奠定了她的形象在我心中像一道光般的存在，和我日後感受並利用這道光的可能性。甘女士作為我構思施雪純的原始藍本，同樣個頭不高，瘦小且皮膚偏黑，卻讓人覺得很有氣質，屬於從外表就能看出精神力量的那種美，絕非庸俗眼光下的美。現實中這位記者雖提供了小說中施雪純產生的契機，卻和小說人物無關，因為我完全不瞭解甘女士的生活、工作與愛情，小說人物純粹是虛構的。未來若能見到她並再度交流，我一定深表感謝。當時發生在我身上的夢一般倏忽即逝的交談，與那天晚上我從太平山下來後又走到中環和維多利亞港時目睹的盛況及在我內心造成的震動交織起來，演變成了故事中張揚目睹香港人在阿德萊德維多利亞廣場的遊行，及張揚的朋友港人傑森胡對施雪純強烈而無法抵制的愛情。

如果說施雪純是熱情、潑辣和豪邁的，傑森胡則是樸實、保守而堅定的，他對施雪純的像大石頭一樣的沉沉的愛和他的小身板極不相稱。他是堅忍謙遜的基督徒，他身上也有人性的深刻掙扎，雖然是隱性的，但我們時時能真切地看到。整體而言，他是和諧而可信賴的，同時也是自由民主與公民力量的象徵。

書中的惡人小盧延續了來自《未卜之夜》的惡的軌跡。他的原型是我在澳洲留學時認識的一個高官子弟，我在書中進行了誇張化塑造。小盧為利益而惡，並非為惡而惡，這使他比《未卜之夜》中白胖阿六的精神渺小許多，但不可否認的是，他在追逐利益時也具有很強的惡的純粹性，同時，他的典型身

分使對他的刻畫具有了較普遍的批判意義。他身上的民族主義特徵是我反感的，但民族主義在他身上雖不可避免地與罪惡和愚昧相連，卻至少是純粹和不計後果的，因此是富於悲劇性的，這使他有別于現實的官二代，具有了從惡的譜系中挺立而出的可能性。通過寫小盧和與他有關的人，如他手下的大力、胖鬍子，他的合作者、毫無道義的騎牆派鐵項，他要抓的閩叛徒等人的行徑，我試圖讓人看到，惡是倒向毀滅與死亡的死胡同，人性雖是建立在對惡與死的認識上，立足點卻應該是其對立面「善」與「生」。

同施雪純和樸茜一樣，小盧也無法逃脫不慎抉擇造成的悲劇。他在對施雪純實施幽禁時不會預料到，他本來是作為權力上游的加害者存在的，可事後施雪純卻如滾滾而來的洪流，在若干年後以另一種絕望強大的面目重新出現，和他再次相遇於澳洲，不斷打亂他的陣腳，導致他盤剝偷渡者的黑工計畫的慘敗，還給他帶來了個不期而至的女兒。最後對施雪純的殺害，更直接把他推上了徹底毀滅的結局。在其他人物，如被逼賣身、捲入小盧抓捕閩叛徒事件而被槍殺的莎莎，為救妹妹而屢受小盧驅使的馬梧等人身上，也無不體現著命運的冷酷。小說人物的悲劇性在讓我們震驚時，也促進我們更深刻、全面地認識人性，促進我們經營出和小說不同的更美好的現實。

本書有各類價值觀的碰撞，比如同樣是出軌，張揚和樸茜選擇了分道揚鑣，張曉和李情卻選擇了結婚，這源於人物的不同，源於理想主義和現實主義精神的不同，這些不同的精神取向「複調式」地存在於書中，相互隔膜，各自拉杆子豎旗，在交戰中構成人物也構成情節。同時，對情節我並未越俎代庖妄

加解釋，而是保持應有的開放式講述，儘量剛好寫到我們所能目睹與想像的程度，希望能拓寬對事件與精神的複雜性的展現維度。

　　尊敬的x，抱歉，一打開話匣子竟說了這麼多，在現實中每次與您交談，都感到時間過得極快，我們雋永的對話像一股恒久的香氣，事後仍持續縈繞在我腦海中。再和您聊聊我筆下的性描寫，就結束這次訴說。我的小說中有許多性描寫，尤其《未卜之夜》，大陸編輯審閱它時，曾對這些頻頻出現的男女之事存有過質疑，但您曾說過，看後並不覺得色，反而有時覺得好玩，有時震驚，有時又產生憐憫，是的，性本身就包括這些，這至少說明我的性描寫雖赤裸但並不導致性衝動。我寫的性雖不如《金瓶梅》《廢都》等作品裡的性，不如王小波筆下的性，但至少遠勝於《白鹿原》之流的讓人看了想勃起的性。在我理解中，性（我說的不是愛）與疾病、死亡等都屬於人類理智邊界之外的部分，屬於人失控的部分。在性的失控中，人感受到神祕、激情、迷失，及無法克制的恐懼，這是人類局限性的體現，也是人類精神的掙扎突破所可能集中於的地帶。在這一地帶，人受著自身原始屬性的驅使，人的無奈體現在理智無法戰勝肉身，理智清醒地意識到這一層時，就像眼看自己走向死亡一般無奈，因此渺小的人們深沉地彼此結伴，相互撫愛，共度難關。從另一方面來說，性的壓制與放縱也體現著人的不甘沉淪與想要超拔自我的勇氣。對與性有關的強大神祕的自然力、人類精神的受難與對抗、人之間哀憫純摯的互助、性的壓抑與放縱等方面的關注，構成了我對性這一人生重要的母題的探尋的基礎。

窗外天已濛濛亮了，藍得像游泳池的水一樣不真實，雖幽暗，但又像染成似的鮮豔，路燈像游泳池底的燈柱，閃動著行將熄滅的脆弱如幻影的微光。我已連續坐了五個多小時，渾身酸痛，我要站起來走兩圈，洗個澡然後睡覺了，期待下次再和您交談。

　　安好

王東岳
2020/05/14

國家圖書館出版品預行編目

阿德萊德 / 王東岳著. -- 臺北市：獵海人，
　2020.09
　　面；　公分
　ISBN 978-986-92693-5-3(平裝)

857.7　　　　　　　　　　109013374

阿德萊德

作　　者／王東岳
出版策劃／獵海人
製作銷售／秀威資訊科技股份有限公司
　　　　　114 台北市內湖區瑞光路76巷69號2樓
　　　　　電話：+886-2-2796-3638
　　　　　傳真：+886-2-2796-1377
網路訂購／秀威書店：https://store.showwe.tw
　　　　　博客來網路書店：http://www.books.com.tw
　　　　　三民網路書店：http://www.m.sanmin.com.tw
　　　　　金石堂網路書店：http://www.kingstone.com.tw
　　　　　讀冊生活：http://www.taaze.tw

出版日期／2020年9月
定　　價／360元